L'UCCELLO CANORO

ALI DEL WEST: LIBRO SEI

NOVELLA LUNGA

KRISTY MCCAFFREY

Traduzione di
ROBERTA CAPIZZI

L'Uccello Canoro

Titolo dell'originale: The Songbird – Wings of the West Series

Traduzione di Roberta Capizzi

Copertina a cura di Earthly Charms

Prima Pubblicazione Italiana 2026

Italian Edition Ebook ISBN: 978-1-952801-72-3

Italian Edition Print ISBN: 978-1-952801-73-0

kmccaffrey.com

kristy@kmccaffrey.com

ALTRI TITOLI DI KRISTY MCCAFFREY

Serie "Ali del West"

Lo Scricciolo

La Colomba

Il Passero

Il Merlo

L'uccello Azzurro

L'uccello Canoro

Eco delle pianure

The Starling

The Canary

The Nighthawk

The Swan

The Falcon

Romanzo autoconclusivo

Into The Land Of Shadows

Contemporanei d'amore e d'avventura

Deep Blue

Cold Horizon

Ancient Winds

Sapphire Waves

Racconti brevi

The Crow Brothers Collection

The West: A Romance Collection

Racconti lunghi e sentimentali

Alice: Bride of Rhode Island

Rosemary

Racconti lunghi e sensuali

Blue Sage

The Peppermint Tree

A Mirthful Wish

~ Elogi per la serie Ali del West ~

LO SCRICCIOLO

"…la maestria della McCaffrey nel creare scenari ricchi di dettagli storici conferisce a questo western un crudo realismo." ~ Romantic Times BOOKclub

"Adoro gli storici di ambientazione western e ho trovato questo libro davvero eccezionale. Non perdetevi… quella che sicuramente sarà una magnifica serie." ~ The Romance Studio

"Eroi belli e virili, eroine forti e un'ottima trama fanno de *Lo Scricciolo* un libro da tenersi stretto stretto." ~ The Best Reviews

LA COLOMBA

"…splendide descrizioni delle Sangre de Cristo Mountains, della Las Vegas di fine '800 e del podere dei Ryan. Mi sono sentita trasportata proprio in quei posti lì." ~ Love Romances

"McCaffrey scrive con il cuore… una lettura da non perdere." ~ The Romance Studio

"Se amate i romanzi di genere western, vi raccomando di leggere questo." ~ Romance Junkies

IL PASSERO

"I lettori ameranno questa storia…" ~ RT BookReviews

"…mi congratulo con la McCaffrey per l'accuratezza storica dei suoi racconti… una lettura fenomenale che mi sento di raccomandare a chiunque apprezzi romanzi storici con un qualcosa in più." ~ Jonel Boyko, Reviewer

"Le antiche leggende degli Hopi e degli Havasupai trovano in McCaffrey una nuova voce. La scrittura brillante dona assoluta credibilità al viaggio mistico del personaggio principale in un'altra dimensione e ti spinge a leggere fino a notte fonda." ~ City Sun Times

IL MERLO

"Antagonisti malvagi, azione a volontà, un'eroina decisa, intrecci, colpi di scena sorprendenti e un seducente cowboy – il tutto sottolineato da una sensuale storia d'amore – in questo western ce n'è per tutti i gusti." ~ Janna Shay, InD'tale Magazine

"Un romanzo storico, passionale e intelligente, collocato nel deserto dell'Arizona, il cui ambiente aspro rispecchia la natura dei personaggi che lo abitano. Riusciranno due anime ferite a trovarsi e fiorire insieme? Scoprilo nel quarto titolo della serie "Ali del West" di Kristy McCaffrey. Un libro difficile da posare." ~ Chanticleer Book Reviews

L'UCCELLO AZZURRO

"...una lettura incalzante, con una storia e dei personaggi tanto profondi da mantenere vivo il mio interesse fino all'ultima pagina..." ~ Jo, Romance Junkies

"...carico di avventura e azione che lasciano senza respiro... libro meraviglioso... pressoché impossibile staccarsene!" ~ Maia, The Silver Dagger Scriptorium

"I lettori si scopriranno spesso col fiato sospeso... una lettura veloce ed emozionante!" ~ Belinda Wilson, InD'tale Magazine, a Crowned Heart review

L'UCCELLO CANORO

"Coinvolgente dall'inizio alla fine! Un'ottima aggiunta a una meravigliosa serie di romance storici con ambientazione western. Ci sono mistero, amore, folclore dei nativi americani, e l'incrollabile e ottimistica intraprendenza di un gruppo di ragazzine impossibili da dimenticare. Dopo averlo iniziato, non sono riuscita a smettere di leggerlo." ~ Edwina Bailey Brown, recensione su BookBub

"È stato davvero fantastico ritrovare i personaggi [...] Leggere altri libri di questa serie [...] Non vedo l'ora che arrivino i prossimi." ~ recensione su Goodreads

"Amore, avventura, mistero e thriller, tutto in un unico libro." ~ recensione su Goodreads

Per Marley
Il mio dolce cucciolo
Salvato dal 2 gennaio 2018 al 29 maggio 2021
Siamo stati davvero fortunati ad averti con noi per più di tre anni.
Eri una luce nelle nostre vite.
Ci manchi, MarleyMoo.

CAPITOLO UNO

Texas
Ottobre 1892

Molly

Molly si svegliò nel silenzio della notte e si mise a fissare il soffitto, confusa. Poi si ricordò che lei e Matt si trovavano in un hotel a Denton.

Buttò fuori il fiato e richiuse gli occhi, il corpo ancora paralizzato a causa del sogno. Anche se non era stato un vero e proprio incubo, le aveva comunque lasciato una sensazione di panico e di tristezza. Quando fu finalmente in grado di muovere la mano, la allungò fino a trovare il corpo caldo di Matt accanto a lei. Si rotolò su un fianco e gli si avvicinò, in cerca del calore che solo lui poteva offrirle.

Matt si mosse e lasciò che lei si accoccolasse nel suo abbraccio.

«Un brutto sogno?» le chiese, con le labbra che le sfioravano i capelli.

«Sì.»

«Sempre il solito?»

Lei sospirò. «Sì.» Era spossata. Erano passate settimane e il sogno era sempre lo stesso.

«Ne hai parlato con Emma?»

La sorella minore possedeva quella che qualcuno definiva preveggenza, che le persone dalla mentalità ristretta avrebbero potuto definire stregoneria. «Non ancora.» Affondò il viso contro la sua pelle nuda, e il suo profumo la calmò. *Mio marito.*

«Lei potrebbe essere in grado di aiutarti» le disse lui. «Forse c'è dietro qualcos'altro.»

Molly sapeva che Matt parlava per esperienza personale. Per anni i suoi sonni erano stati tormentati da un periodo di prigionia che aveva subìto quando era ancora un Texas Ranger, e lei era stata l'unica con cui lui aveva condiviso i dettagli completi di quel tempo. E poi, il responsabile, Augusto Cerillo – che il cognato di Molly, Nathan, aveva ucciso –, era tornato dopo che lei aveva sposato Matt. Tuttavia, la sua non era una vendetta di tipo tradizionale, dato che l'uomo non era più in vita, nel senso fisico del termine. Cerillo aveva usato il mondo degli spiriti per prendersi la rivincita. Era stato solo grazie all'aiuto di Emma e della stessa Molly che erano riusciti a impedire a Cerillo – che aveva usato il corpo di un altro uomo – di uccidere Matt. Una volta che era tutto finito, però, gli incubi di Matt si erano piano piano dissolti.

Molly doveva affrontare quel suo sogno ricorrente, ma al solo pensiero la riempiva un senso di apprensione, perciò aveva gestito la questione rimandando a un altro giorno. Se si fosse rivolta a Emma e sua sorella le avesse fornito delle spiegazioni, cosa sarebbe successo? Supponeva che avrebbe dovuto agire di conseguenza.

A ogni modo, non poteva continuare così. Le immagini notturne non si fermavano. Diventavano sempre peggiori.

«D'accordo» sussurrò. «Domani parlerò con Emma.»

Matt le posò un bacio sulla fronte e le sistemò la coperta sulle spalle. Con lui accanto, Molly riuscì a concedersi qualche altra ora di sonno irrequieto.

CAPITOLO DUE

Molly

Un bambino andò a sbattere contro Molly sulla passerella di legno, e lei, stordita, gli afferrò le spalle per impedirgli di cadere. Lui si voltò, si liberò dalla presa con uno strattone e si allontanò di gran carriera, sollevando polvere mentre i passi battevano un ritmo costante sulle assi.

«Che diamine» disse Claire, afferrando il gomito di Molly per poi stringerlo forte. Molti anni prima, Molly le aveva salvato la vita, dopo averla trovata malmenata e abbandonata in un burrone, e le due avevano sviluppato uno stretto legame di amicizia, reso ancora più forte dal grado di parentela di cognate, dato che entrambe avevano sposato due uomini della famiglia Ryan.

Molly si raddrizzò. «Di certo ha molta fretta.»

Lasciata la piazza centrale, sulla quale vigilava un imponente edificio a due piani che fungeva da tribunale, Molly e Claire seguirono la direzione che aveva preso il bambino, fino al sito in cui si trovava la fiera di Denton, vicino ad Avenue A e Welch Street, a un miglio di distanza.

Molly pensò che di certo il ragazzino si sarebbe stancato prima di arrivarci.

La fiera, che durava diversi giorni, aveva attirato una grande folla. C'erano molti concorsi dedicati al bestiame e all'agricoltura, oltre alla compravendita di cavalli, come dimostrava la lunga fila di stalle che attraversava il lato nord del complesso fieristico. Donne illustri della comunità presentavano molti articoli da sottoporre alla giuria: dipinti a olio, biancheria ricamata, trapunte, e prodotti alimentari tra cui conserve, torte e marmellate.

Il vero divertimento, tuttavia, erano le gare dei cowboy e le corse di cavalli: gare di galoppo e trotto lungo un circuito di circa sedici ettari che si trovava in loco.

Molly aveva sperato di parlare con Emma quella mattina, durante la colazione, ma nell'hotel in cui soggiornavano c'era stato troppo trambusto. Molly era arrivata insieme a Matt, con le loro figlie Katie e Josie. Le ragazze, di dodici e undici anni, erano ansiose di visitare la fiera, mentre il loro figlio maggiore, Eli, era rimasto al *Rocking Wren Ranch*. All'età di quattordici anni era più felice in sella a un cavallo e a occuparsi dei propri compiti. Era un texano fino al midollo, e già faceva progetti per un futuro nel campo del bestiame.

Le figlie di Molly erano da qualche parte con le cugine, le tre figlie di Claire: Anna, che dati i suoi quattordici anni era la più grande ed era la copia esatta di Claire, con lunghi capelli biondi e l'indole tranquilla e organizzata; Sarah, di un anno più piccola, nonostante venisse spesso scambiata per la gemella di Anna, aveva tuttavia una personalità più allegra e apertamente curiosa; e l'undicenne Sophie, con i capelli scuri che richiamavano quelli dei Ryan e la distinguevano dalle sorelle maggiori. Quelli, e la sua grande scorta di libri, molti dei quali aveva portato con sé in quel viaggio.

La notte precedente, il gruppetto di cugine aveva parlottato ben oltre l'ora di andare a letto, e in quel momento sembravano tutte immerse in chiacchiere mentre gironzolavano per la fiera.

«Pensi che dovremmo sorvegliare meglio le ragazze?» chiese Molly.

Claire rise. «Hai una fune? Dovremmo prenderle al lazo per farle restare sedute. Io non ne ho l'energia. Oltretutto, in che razza di guai potrebbero mai cacciarsi?»

La domanda sembrò restare sospesa nell'aria come una nube oscura.

«Essendo la più grande, Anna si prenderà cura di loro» aggiunse Claire, in tono rassicurante.

Molly concordò in silenzio. Anna possedeva una sicurezza innata. «È di gran lunga la più matura del gruppo.»

«Quel che è certo è che esaspera Logan.» Claire prese a braccetto Molly mentre lasciavano la passerella per camminare sulla strada sterrata. Diversi calessi le oltrepassarono veloci. «Sempre a dire a suo padre quello che deve fare. Temo che, di questo passo, non troverà mai un marito.»

«Non importa. Può diventare medico come te. In tal caso, non avrà bisogno di un marito.»

«Penso che ciò renderebbe felice Logan. Nessun uomo sarà mai abbastanza in gamba per la sua bambina. In realtà, per nessuna di loro.»

Logan era stato benedetto da quattro figlie e nessun maschio e, sebbene di tanto in tanto si lamentasse del fatto di essere succube delle donne, avrebbe fatto di tutto per le sue ragazze, il che spiegava perché ci era mancato poco che non andasse insieme a loro a Denton. La figlia più piccola, Ellie, non stava bene, ma l'avevano lasciata nelle sapienti mani dei nonni. Perciò, alla fine, Logan aveva acconsentito a partecipare alla fiera con il resto della famiglia.

Quando furono nelle vicinanze del polo fieristico, urla di

incitamento e applausi le attirarono verso uno degli ippodromi, attraverso una moltitudine di persone. Mentre si avvicinavano, la cavezzina colorata di uno dei cavalli catturò l'attenzione di Molly. Anche da lontano lei riconobbe il motivo giallo, rosso e nero a rombi allungati su uno sfondo verde. Era dei Comanche. In particolare, dei Comanche Quahadi.

Una fitta di nostalgia la colpì, con un'intensità tale da sorprenderla. Per quanto la sua infanzia fosse stata traumatica, lei aveva vissuto otto anni con i Comanche e aveva creato un attaccamento alla sua "nuova" famiglia. E c'erano momenti in cui sentiva la loro mancanza. Quel suo sogno ricorrente ne era la prova.

I Comanche possedevano molte abilità con i cavalli e, da quando lei aveva sposato Matt, aveva messo in pratica le capacità che aveva appreso dal padre comanche. Si avvicinò per vedere meglio.

Il ragazzino che era andato a sbattere contro lei e Claire, che sembrava avere a occhio e croce dodici anni, era accanto all'uomo che si stava occupando del cavallo. Mentre era palese che l'adulto non fosse un Comanche, il ragazzino aveva i loro tratti, il che le riportò alla mente i ricordi del tempo passato con quel popolo.

«Sai chi sia?» chiese Molly a Claire.

«L'uomo o il ragazzino?»

«Entrambi.»

«No, però stanno per vendere un bel cavallo.»

Molly si guardò attorno, in cerca di Matt o Logan, ma c'era una fitta schiera di cappelli da cowboy e di ombrellini parasole. Mentre i cavalli venivano a uno a uno venduti, quando Molly riportò l'attenzione verso il recinto, l'uomo, il ragazzino e il cavallo erano spariti, rimpiazzati dal successivo.

CAPITOLO TRE

Matt

Matt svoltò attorno al recinto e si imbatté nel cognato, Cale. «Novità?» gli chiese.

Cale socchiuse gli occhi e sospirò. «Se ti riferisci alla grande vendita con Anderson, è saltata.»

Dannazione.

«Ne sei certo?»

Cale annuì con un secco cenno del capo. «Non è nemmeno qui. Ho sentito delle voci sul fatto che abbia trovato un'altra opzione per un affare migliore.»

«Il *nostro* era un ottimo affare. Molly e io abbiamo lavorato sodo per dargli quello che pensavamo fosse ciò che voleva.»

«Lo so.» Cale fece una pausa.

«Sputa il rospo, Walker.»

«Se proprio vuoi liberarti di questi cavalli, potremmo avere un altro compratore.»

«Chi?»

«Holden McCabe.»

Matt non provò neanche a reprimere il flusso di imprecazioni che gli uscì dalla bocca.

«Già.» La risata di Cale era poco ironica. «Immaginavo che avresti reagito così, ma non volevo tenerti all'oscuro. Concordo appieno sul fatto che vendere a McCabe si trovi in fondo alla lista dei desideri.»

Matt scosse la testa, sconfitto. «Quindi abbiamo portato fin qui tutti questi puledri per niente.»

«Pare proprio che sia così.» Cale si sistemò il cappello. «Però guarda la cosa da questa prospettiva: hai offerto alle nostre mogli un bel viaggetto con i loro affascinanti mariti.»

Sarebbe stata una seccatura riportare i cavalli al *Rocking Wren* alla fine della settimana, dato che avrebbero impiegato più tempo del previsto per tornare, ma pazienza. Il motivo principale per cui si era recato alla fiera di Denton era per vendere due dozzine dei suoi cavalli migliori. Con l'aiuto di Molly, avevano lavorato con gli animali per tutta l'estate, allo scopo di usare i proventi per investirli in esemplari da riproduzione provenienti dall'Inghilterra. Sebbene Matt avesse già completato la prima parte delle pratiche, avevano bisogno del denaro ricavato da questi cavalli, e Anderson era stato d'accordo.

Cale, il fratellastro di Molly, aveva anche lui una parte nell'affare, con altri dodici animali della propria mandria. Molly condivideva con Cale l'amore per i cavalli, e spesso i due si rintanavano durante i pranzi domenicali in famiglia per discutere del valore dell'allevare e dell'addestrare. La visione di sua moglie era senza dubbio influenzata dal tempo che aveva trascorso con i Comanche, considerati i migliori allevatori di cavalli in circolazione. Almeno finché non erano stati spostati alla riserva di Fort Sill. Eppure, Matt aveva sentito dire che molti avevano continuato a esercitare le loro abilità, nel tentativo di trarne una fonte di sostentamento.

«Inoltre» proseguì Cale «sembra che Anderson si stesse

lamentando che non ci fossero abbastanza castroni. Dice che gliene avevi promessi di più.»

Proprio prima che Matt partisse per il Texas del Nord, Molly aveva cambiato idea riguardo a tre cavalli, dietro suggerimento del loro figlio Eli. Matt aveva imparato a non interferire mai quando i due erano intenti a prendere decisioni riguardo agli equini, dal momento che entrambi sembravano avere un sesto senso quando si trattava degli animali che allevavano e addestravano. Lui si fidava del giudizio di Molly.

«Dunque è per questo che sta rovinando l'affare?» chiese Matt, senza preoccuparsi di nascondere il proprio fastidio. «Per tre cavalli? Sarebbe stato carino se ce l'avesse chiesto prima che li spostassimo tutti qui.»

Le donne e le ragazze avevano preso il treno da Wichita Falls, mentre Matt, Cale, Nathan e Logan avevano condotto i cavalli. Matt attendeva con ansia di fare il viaggio di ritorno insieme a Molly, Katie e Josie in un bel vagone con sedili imbottiti; a quanto pareva, invece, sarebbe stato necessario ricondurre a casa la mandria.

L'espressione sul volto di Cale rivelò a Matt che c'erano delle ulteriori notizie.

«Devo tirarti fuori il resto con le pinze?»

Sul viso di Cale passò un sorriso fugace. «Temo che odierai questo pettegolezzo più del precedente. McCabe vuole cenare con Molly.»

Incredulo, Matt disse: «Vuole fare la corte a mia moglie? Su questo sì che ho proprio qualcosa da ridire, dannazione.»

«McCabe è un idiota. Non è un segreto. Però credo che questa cosa abbia più a che fare con il tempo che Molly ha trascorso con i Comanche.»

Era un argomento che Matt preferiva tenere privato, se non altro per proteggere Molly. Erano sposati da quindici anni, eppure lui continuava a non sopportare che il passato della moglie fosse oggetto di pettegolezzi. Tuttavia, da quando avevano avuto i loro figli, lei aveva di tanto in tanto raccontato loro del suo rapimento quando aveva nove anni, e degli anni successivi in cui aveva vissuto insieme ai Comanche, prima di venire salvata da un vecchio minatore di nome Elijah, lo stesso uomo da cui avevano preso il nome per il loro figlio. Molly stava persino insegnando a Katie a parlare la lingua comanche.

«Dipende da Molly, se vuole parlare con lui del suo passato» disse Matt. «Comunque sarò lì con lei, se deciderà di farlo.»

Logan e Nathan apparvero con indosso i gambali di pelle e gli speroni che tintinnavano. La cicatrice di Nathan sulla guancia sinistra, regalo di un Comanche diversi anni prima, era più visibile del solito sul viso rasato di fresco.

«A che ora inizia la corsa?» domandò Cale. «Mi ricordi un'altra volta di quale si tratta?»

«Lo sprint dei seicento metri» disse Logan. «E inizia tra un'ora. Il montepremi è salito a cinquanta dollari. Ho sentito dire che le scommesse pendono a mio favore.»

«Stronzate» disse Nathan, per poi socchiudere gli occhi castani. «Semmai, l'interesse è tutto rivolto a quel cavallo da prateria laggiù.» Indicò con un cenno del capo il recinto dentro al quale un'imponente giumenta trottava avanti e indietro. Nel guardare l'uomo che sorvegliava l'animale, Matt provò un senso di riconoscimento.

«È Bill Harner, quello?» chiese.

Nathan lo osservò meglio. «Che mi venga un colpo. Penso sia lui.»

Logan si infilò i guanti di pelle. «Chi è?»

«Nel lontano '75 era nei Rangers con noi» rispose Nathan, facendo riferimento al tempo che lui e Matt avevano trascorso come Texas Rangers. «Ma era solo un giovanotto. È stato proprio prima che liberassi Matt da

Cerillo. Dopo quella volta, non ho più avuto notizie di Bill.»

«Beh, adesso è là in piedi accanto a McCabe» disse Cale.

Matt fece una smorfia. «Sarebbe quasi sufficiente a farmi evitare Harner; comunque sia, andrò a salutarlo.»

«Dobbiamo avvicinarci alla linea di partenza» disse Nathan rivolto a Logan. «Non vorrei che il nostro ragazzo vincente si perdesse il suo momento di gloria.»

«Mangerai la mia polvere, Blackmore.»

«In bocca al lupo» disse Matt quando i due si allontanarono. Si diresse nella direzione opposta, poi però si fermò e si voltò indietro verso Cale. «Vieni? Se McCabe inizia a ciarlare come una gallina riguardo a Molly, avrò bisogno del tuo supporto.»

Cale inarcò un sopracciglio. «Vuoi che ti tenga la mano?»

«Neanche per sogno. Potrei aver bisogno che mi stacchi da lui, se mi facesse uscire dai gangheri. Molly non la prenderebbe molto bene se mi ritrovassi seduto in una cella per disturbo della quiete pubblica. Mi aspetta per cena.»

«Non preoccuparti. Lo sceriffo Mars mi deve un favore. Non resteresti in prigione a lungo.»

CAPITOLO QUATTRO

Emma

Emma bussò alla porta della camera d'hotel in cui la sorella Molly soggiornava con il marito. Matt aveva voluto strafare e aveva preso a tutti degli alloggi privati, sistemando le sue due figlie insieme alle tre figlie di Logan e Claire in una camera separata accanto alla loro, per offrire alle ragazze un minimo di privacy.

Nathan aveva insistito nel partecipare alla fiera senza figli, dicendo che Emma si meritava una tregua dall'incessante lavoro di madre di cinque maschi e, per quanto lei sentisse la loro mancanza, si stava godendo le mattine rilassate e le colazioni tranquille con il marito. E il tempo passato con le nipoti, sebbene per le figlie di Logan e Claire lei non fosse una zia nel vero senso della parola. Ciò nonostante, loro continuavano a chiamarla zia Em. Si stava rivelando più divertente di quanto si fosse immaginata.

Emma era rimasta sorpresa quando Molly le aveva chiesto di parlarle in privato, poiché, a giudicare dalle apparenze, la sorella era sembrata felice e appagata. Sebbene

Emma avesse percepito un lieve sentore di disagio, non aveva indagato più a fondo. Possedeva un sesto senso, anche se negli ultimi dieci anni aveva migliorato la capacità di controllarlo e non veniva più importunata da immagini o informazioni indesiderate provenienti da altre persone. Ricorreva al proprio dono solo se qualcuno andava da lei e le forniva il permesso.

Emma sperava che tra Molly e Matt andasse tutto bene.

La porta si aprì e Molly, che indossava una camicetta di cotone con una stampa gialla e una gonna marrone scuro, la salutò con un sorriso. La sua espressione aperta e felice, insieme a un leggero rossore sulle guance, rassicurò Emma.

«Grazie per essere venuta» disse Molly. «Vieni a sederti. Ho fatto portare su del tè.»

Emma si unì a lei su due sedie imbottite accanto alla finestra, attorno a un tavolo con una teiera e due tazze su un vassoio. Una volta che si furono sistemate, Emma disse: «È un'ottima idea. Non abbiamo avuto molto tempo da sole, soltanto noi due.»

Molly versò il tè e aggiunse un cucchiaino di zucchero alla propria tazza. «Beh, in effetti avevo una ragione per chiederti di venire qui.»

La disarmonia nell'energia di Molly aumentò, Emma tuttavia non fece domande. Nel lavoro sciamanico era importante rispettare i limiti degli altri, soprattutto di quelli che le erano vicini.

Emma era consapevole di avere il dono di "vedere oltre" fin da quando era giovane. A diciotto anni, si era avventurata nel Grand Canyon, guidata da un impulso che non riusciva a controllare né a comprendere. Era stato in quel luogo che le sue abilità latenti si erano attivate, e Nathan, suo marito, aveva avuto un ruolo importante nel farlo accadere. Dopo il matrimonio e, in seguito, dopo la nascita del loro primogenito, Lucas, Emma aveva trascorso del tempo cercando di capire come concentrare le proprie doti. Aveva incontrato Juana e aveva appreso molto da lei. Nonostante quella donna fosse venuta a mancare due anni prima, Emma riusciva ancora a sentire che la guidava, e, quando era indecisa su quale direzione prendere, poteva contare anche sulla saggezza del suo spirito guida, Passero, che era con lei sin dal viaggio attraverso il Grand Canyon.

Mentre il silenzio si protraeva e Molly cercava di trovare le parole, Emma attendeva, intenta a osservare la stanza ordinata e pulita. La sorella non era mai stata tipo da avere molti accessori. Il tempo passato con i Comanche le aveva trasmesso la concezione della temporaneità, che sembrava tuttora presente.

«Non hai dormito sul pavimento, vero?» le chiese Emma, con tono leggero.

L'espressione sul viso di Molly si rilassò di poco. «Non lo faccio da parecchio, anche se non mi dispiace quando Matt mi porta a fare campeggio al ranch. Sono completamente felice di restarmene sdraiata a terra, con le stelle sopra di me e le creature della notte nelle vicinanze.» La sua espressione si fece pensierosa. «Suppongo che certe cose non cambino mai.»

Quando Emma aveva otto anni, un attacco al ranch di famiglia aveva avuto come risultato l'assassinio dei loro genitori e la scomparsa di Molly. In seguito, il corpo di una bambina era stato scambiato per quello di Molly, e sua sorella era stata dichiarata morta. Emma e la sorella maggiore, Mary, erano andate a vivere in California con la zia. Solo molti anni dopo Molly era tornata come per miracolo, e aveva raccontato la storia di aver vissuto con i potenti Comanche per otto anni; durante tutto quel tempo, Emma aveva avuto numerose visioni di Molly all'interno della tribù, visioni che non aveva ritenuto reali finché Molly non era riapparsa. Quella era stata la prima vera conferma dei suoi doni.

«No, a volte però lo fanno» disse Emma. «Noi abbiamo avuto la benedizione di godere di un tipo di vita familiare che mamma e papà non hanno mai avuto.»

La fronte di Molly si aggrottò. «Non ne parliamo da molto tempo, ma ricevi mai dei messaggi da loro?»

Molti anni prima, durante il proprio viaggio di iniziazione, Emma aveva conversato con la defunta madre e l'aveva in seguito raccontato a Molly; tuttavia, da quel momento non aveva più avuto un altro incontro che fosse altrettanto vivido.

«No. A volte li sogno, e credo davvero che in alcuni casi si tratti di vere visite. Mamma e papà offrono affetto e buoni auspici, e quando mi sveglio mi sento bene. È abbastanza.» Emma non era certa di poter gestire di più. Il dolore era una cosa complicata. Se le barriere venivano aperte troppo e lo restavano troppo a lungo, il cuore e la mente avevano la possibilità di affogare. «Penso che siano felici che noi stiamo bene, che abbiamo sposato bravi uomini e che le nostre famiglie prosperino. Ci lasciano tranquille.»

«Mi fa piacere sentirtelo dire.» Con la tazza e il piattino in bilico in grembo, Molly guardò fuori dalla finestra.

«Cosa succede, Molly?»

«Faccio un sogno ricorrente, un incubo, suppongo, ed è sempre lo stesso.»

«Su cosa?»

«Pensavo che potessi già saperlo…»

Emma scosse la testa. «Ne abbiamo già parlato. Io non mi impiccio; però, se vuoi che intervenga per tuo conto, posso senz'altro provarci. Senza alcuna garanzia, naturalmente. Inoltre, com'è ovvio, chiedere aiuto non sempre porta il risultato che si desidera, che suppongo sia il motivo per cui tu l'abbia tenuto per te tanto a lungo.»

Sulla fronte di Molly si formarono delle rughe, una conferma silenziosa del giudizio di Emma. «Matt lo sa» disse, infine.

«E cos'ha detto?»

«Di chiedere a te.»

Emma sorrise. «Vuole aiutarti, ma non sa come fare.»

Le spalle di Molly si abbassarono. «Proprio ciò che temevo. Hai ragione. Desideravo che questo non fosse altro che un brutto sogno, però il fatto che continui a ripetersi… beh, sono un po' esausta.»

«Perché non me ne parli?»

Molly prese un sorso di tè. «È sempre lo stesso. Sono giovane e mi ritrovo di nuovo con la mia famiglia comanche, tuttavia sembra che io possegga la conoscenza che ho adesso perché, nonostante sia felice di vederli, ho anche il timore di non poter mai più rivedere la mia vera famiglia. E poi mi ricordo che mamma e papà sono morti, e sono colma di disperazione. E c'è una tale… una tale…» Usò la mano libera per afferrarsi il petto. «È una sensazione come di essere intrappolata. Non so spiegarla. Voglio liberarmi dai Comanche ed essere a casa in Texas, eppure allo stesso tempo non lo voglio.» La voce si era fatta più instabile, più angosciata. «E poi c'è un incendio, si diffonde attraverso l'accampamento, e ci sono urla e fumo, e io sto cercando la mia famiglia comanche – mio padre, Corre Coi Bisonti, le mie madri, Donna Coyote e Nuvola Di Pioggia, e le mie sorelle, Siede Per Terra e Acqua Che Scorre. E poi incontro Uccello Che Vola Alto, il nonno… mio nonno…» La voce scese fino a diventare un sussurro. «E lui è morto, e a me si spezza il cuore.»

Molly smise di parlare. Si strofinò le guance con la mano libera, la tazza e il piattino ancora posati in grembo, e prese diversi respiri per farsi forza. Infine, guardò Emma. «Come lo puoi interpretare?»

Con tono compassionevole, Emma disse: «A volte pensiamo che il nostro passato sia rimasto saldo nel passato, poi però il cuore ha idee diverse.» Nella sua mente iniziarono a presentarsi delle immagini confuse, quindi contattò Passero per chiedere il suo aiuto, e ne trasmise le opinioni a Molly. «I tuoi legami con i Comanche esistono ancora e tu sei addolorata per il conflitto di quei legami, come se in qualche modo tradisse chi eri prima di loro e chi sei diventata dopo di loro. Pensano ancora a te, in particolare Acqua Che Scorre.»

Lo sguardo di Molly, che brillava per via delle lacrime non versate, trasmetteva la sua sorpresa. «È ancora viva? Che bello saperlo.» Appoggiò la tazza di tè sul tavolo. «Come faccio a far smettere questi sogni? Dovrei andare a cercarli? I miei familiari comanche?» Poi però scosse la testa, come in risposta alla sua stessa domanda. «Non posso farlo. Ho un marito e dei figli, e ho un ranch da mandare avanti. Non posso permettermi il lusso di andare a cercarli. E non posso chiedere a Matt di lasciare tutto per accompagnarmi.»

«Ti senti in colpa.»

«Forse. Per molto tempo, ho provato rabbia. Loro mi hanno rubato la vita.»

«Però te ne hanno data una nuova, seppure per un breve lasso di tempo e, da quanto hai detto, non era una brutta vita.»

«No.»

Emma le disse con dolcezza: «Devi conciliare le due vite e farle diventare una sola: la giovane Molly Hart e la Molly comanche. Come ti avevano chiamata?»

«Uccellino Dei Cactus.»

«Molly Hart e Uccellino Dei Cactus.»

«Perciò i sogni sono…?»

«Questioni in sospeso.»

CAPITOLO CINQUE

Matt

Matt entrò nel ristorante e appese il cappello su un attaccapanni, mentre Nathan e Bill Harner gli erano alle spalle. Quando vide Molly seduta con Emma, si diresse al loro tavolo e si chinò per baciare la guancia della moglie.

«Voglio presentarti una persona.» Con un passo di lato, disse: «Lui è Bill Harner.»

Sul volto di Molly comparve un'espressione sorpresa. «Eravate al recinto, quest'oggi, insieme al cavallo con la cavezzina colorata.»

Bill annuì. «Ero io. È un piacere incontrarvi, signora.»

«Bill era un Texas Ranger» disse Matt, e prese la sedia accanto alla moglie. «L'abbiamo incontrato questa mattina e l'abbiamo invitato a cena. Spero che non ti dispiaccia.»

«No, niente affatto.»

Quando gli uomini si furono seduti, una cameriera prese i loro ordini.

«Eravate nella stessa compagnia?» chiese Emma a Bill, indicando il marito Nathan e Matt.

«Sì, signora.»

Matt quasi sorrise davanti ai modi formali di Harner, dato che non era molto più vecchio di Molly o Emma. «Eri un giovanotto quando io e Nathan ce ne andammo» disse.

«È davvero un piacere rivedervi, signore» disse Bill. «Avevo sentito dire che vi avevano salvato, dopo che Cerillo vi aveva catturato. Credo di non essere stato sorpreso che non siate ritornato in servizio dopo quella faccenda.»

«È stato Nathan a liberarmi» disse Matt, nel tentativo di passare sopra a quel ricordo.

«Sono contento che siate sopravvissuto, signore.»

«Puoi chiamarmi Matt.» Gliel'aveva già detto prima, anche se a quanto pareva non era servito.

La cameriera portò le bevande per tutti. Bill annuì e sorrise, poi prese un grande sorso d'acqua.

Matt lanciò un'occhiata alla moglie e notò il suo aspetto sciupato. Si notava a malapena, ma lui conosceva Molly meglio di chiunque altro. Si chinò verso di lei e le sussurrò: «Stai bene?» Era preoccupato che si stesse ammalando. Nei due giorni trascorsi da quando erano arrivati a Denton lei non aveva dormito bene, e anche prima, negli ultimi mesi, gli incubi della sua famiglia comanche l'avevano tormentata.

Proprio come lui stesso non amava discutere della propria cattura e della reclusione durata diversi mesi, per mano di Augusto Cerillo, un fuorilegge messicano, in genere Molly non parlava del trauma vissuto nell'infanzia, che includeva l'omicidio dei suoi genitori. Lui aveva ancora incubi, di tanto in tanto. Era quello che Molly stava affrontando? Aveva dei flashback che riguardavano quello che le era successo quando era piccola? Tutto ciò aveva forse qualcosa a che fare con i loro figli? Adesso Eli aveva quattordici anni, Katie dodici e Josie undici. Molly aveva nove anni quando l'avevano rapita, quindi i loro figli erano poco più grandi, eppure era difficile immaginare come fosse riuscita a superarlo.

Lei però lo sorprese con un ampio sorriso che la trasformò all'istante nella bellezza con cui lui aveva avuto la fortuna di condividere la vita negli ultimi quindici anni. Non c'era alcun dubbio che sarebbe stato perso senza di lei.

«Sto bene» gli rispose, e gli prese la mano con una stretta rassicurante, prima di riportare l'attenzione su Bill. «Signor Harner, come avete trovato quella cavezzina sul cavallo che stavate mettendo in mostra?»

«L'ha fatta mia moglie.»

«Chi era quel bambino insieme a voi?»

Bill sembrò un po' sorpreso. «Beh, era mio figlio.»

«È...» la voce di Molly si affievolì.

«È cosa?» chiese Matt, con le sopracciglia aggrottate. Il comportamento di Molly lo confondeva.

Con una lieve espressione mortificata, lei prese un sorso di limonata prima di dire: «Quando ero piccola, ho vissuto con i Comanche per molti anni. Vostro figlio... ha i loro tratti. Anche vostra moglie appartiene al loro popolo?»

Bill si ammutolì, il volto contratto e cupo. Matt non sapeva cosa dire. Di rado Molly affrontava gli altri in un tal modo.

Gli occhi della moglie si spalancarono e subito aggiunse: «Vi porgo le mie scuse. È solo che... quando ho visto il vostro cavallo, mi ha riportato indietro a quei tempi.»

Bill si schiarì la gola. «Signora Ryan, non avevo idea che vi avessero rapita, da bambina. Dev'essere stata un'esperienza difficile.»

«Sì, alcuni momenti lo sono stati. Vostro figlio si unirà a noi per cena? O magari vostra moglie?»

«No, signora. Mio figlio si sta occupando del bestiame. E mia moglie è... indisposta.»

Con il silenzio che si protraeva, divenne chiaro che Bill non volesse presentare la propria famiglia. E Molly, com'era ovvio, la voleva incontrare.

«Cos'hai portato alla fiera?» chiese Nathan, inserendosi in quell'imbarazzante pausa.

Mentre Bill approfondiva l'argomento su quali animali avesse portato – cavalli, bovini e maiali – la conversazione si spostò, e per fortuna Molly lasciò perdere le domande sul figlio e sulla moglie di Bill, così che riuscirono a godersi una cena piuttosto piacevole.

Una volta che Matt e Molly furono rimasti soli, dopo aver controllato le ragazze, che avevano cenato prima per conto loro ed erano impegnate a leggere nella loro stanza, lui la prese tra le braccia.

«Sono stata troppo diretta con Bill riguardo alla sua famiglia?» gli chiese lei, appoggiata al suo petto.

«Credo di sì» mormorò Matt contro la sua tempia.

«Mi dispiace. Però la madre di quel bambino deve essere comanche. Io volevo solo...» Sospirò, la voce attutita dalla camicia. «Suppongo che stessi cercando una connessione. Ho parlato a Emma dei miei sogni, e lei sembra pensare che abbia delle questioni in sospeso.»

Matt si tirò indietro per guardarla. «Con i Comanche?»

«No. Cioè, sì. Ha più a che vedere con i miei sentimenti riguardo a quello che è successo. Le mie emozioni sono un tantino ingarbugliate. Pensavo davvero di essermi lasciata tutto alle spalle.»

«Forse devi solo rassegnarti al fatto che una parte di te non accetterà mai quello che è successo.» Le posò una mano sulla guancia e fece scorrere il pollice sul suo labbro inferiore. «Vuoi cercare il tuo padre comanche? Potremmo senz'altro provarci.»

«Grazie per esserti offerto, ma no. Non sono sicura di cosa potrei guadagnarci. Forse parlarne con Emma ha liberato alcuni dei miei sentimenti e adesso inizierò a dormire meglio.» Lo baciò, le labbra lievi come il tocco di una piuma. «O magari potresti aiutarmi tu.»

Lui sorrise e mormorò contrò la sua bocca: «Come desidera, signora.»

Lei lo spinse via, con fare scherzoso. «Bill Harner continuava a chiamarmi così. Mi fa sentire vecchia.»

Matt la avvolse con un braccio. «Allora io devo essere vetusto.» La baciò, a lungo e con dolcezza, con un desiderio persistente e sempre vivo.

Lei gli si premette contro, le curve ben note dopo tanti anni di matrimonio, eppure lui continuava a non vedere l'ora di svestirla, di scoprire il rilievo dei seni e le valli più in basso. Era diventata ancora più attraente dopo aver partorito i loro figli.

Molly interruppe il bacio e fece un passo indietro, gli sfilò la camicia dai pantaloni e gliela sollevò sopra la testa. Lui spense la luce, le prese la mano e la condusse verso il letto. Dopo essersi seduto sul bordo, la guidò per farla posizionare in piedi tra le sue gambe, mentre, a uno a uno, le slacciava i bottoni della camicetta. Dalla finestra filtrava la luce delle stelle e della luna, era abbastanza da fornirgli una seducente visione dei suoi seni sotto il tessuto fine della sottoveste. Le catturò un morbido capezzolo tra le labbra, da sopra il tessuto, e le afferrò i fianchi per tenerla ferma mentre lievi sussulti di piacere le sfuggivano di bocca. Lei gli si avvicinò e gli intrecciò le dita tra i capelli, con una forte stretta.

Matt le fece scivolare la sottoveste ormai umida lungo le braccia, lasciandola nuda davanti ai suoi occhi, e, non volendo sprecare il banchetto che si ritrovava davanti, vi prodigò molta attenzione, mentre Molly emetteva seducenti mormorii di piacere e gli si appoggiava contro, poiché le gambe non la reggevano più.

Lui ricadde all'indietro sul letto, trascinandola sopra di

sé, e le catturò la bocca in un bacio profondo. Sapeva di miele e bramosia e di bisogno disperato. Nel sentirla contro il proprio petto nudo un brivido lo percorse, e sollevò i fianchi per ottenere un maggiore contatto. Lei rispose con eguale pressione nella direzione opposta, il che servì solo a innescargli un altro brivido lungo la schiena, che terminò nell'inguine.

La fece rotolare sulla schiena e si alzò solo per il tempo sufficiente a disfarsi degli stivali e dei pantaloni. Lei aveva iniziato a sganciarsi la gonna lunga, Matt però non aveva la pazienza di attendere. Le sollevò l'orlo e gliela ammucchiò attorno alla vita, poi trovò l'apertura nei mutandoni e scivolò dentro di lei con un'unica spinta, fino in fondo.

Molly lo baciava con un bisogno disperato mentre stringeva le gambe attorno al suo corpo, con i tacchi delle scarpe che gli affondavano nei polpacci, ma a lui non importava. Le loro lingue si intrecciavano mentre Matt si muoveva con foga contro di lei, il ritmo della moglie che si adattava a quello di lui con selvaggio abbandono.

«Matt» sussultò lei, stringendolo forte.

Aveva raggiunto l'orlo del precipizio e stava per cadere dall'altra parte, dunque lui non si trattenne più e si unì a Molly, in quella squisita connessione che condividevano, il suo corpo in cerca di rifugio e appagamento, il suo mondo senza più limiti grazie all'amore che provava per lei.

Alla fine, ritornarono entrambi sulla terra.

«Beh» disse lei, senza fiato «si è acceso tutto molto più in fretta di quanto pensassi.»

Lui la avvolse più stretta tra le braccia, ancora dentro il suo corpo, e le sfiorò il collo con il naso. In effetti, era andato tutto a un passo più rapido di quanto avesse voluto, e ora le restava aggrappato, quasi timoroso di lasciarla andare.

Le dita di lei gli accarezzavano la schiena mentre lo teneva stretto. «Cosa c'è che non va, amore mio?»

Matt le baciò il collo, poi la guancia, e si sollevò quanto bastava per guardarla, mentre continuava a tenerla stretta. «Sono soltanto lieto di averti ritrovata tanti anni fa, e che ora sei qui con me.»

Lei sorrise e gli posò un palmo sulla guancia.

I capelli scuri e scompigliati le incorniciavano le guance arrossate, e aveva un aspetto luminoso che il loro amplesso le aveva donato. Era questo il modo in cui la preferiva: contenta e soddisfatta, vera e naturale, con il suo profumo che lo circondava.

«Ti amo, Molly. Sei la cosa più importante di tutta la mia vita.»

Le labbra di lei incontrarono le sue, le mordicchiavano e le leccavano, e Matt si spinse ancora più a fondo dentro il suo corpo. Aveva intenzione di toglierle la gonna e gli altri indumenti prima di fare di nuovo l'amore con lei; tuttavia, alla fine vennero in qualche modo distratti, e fu solo molto più tardi che lui la poté stringere completamente nuda tra le braccia, e finalmente si addormentarono.

CAPITOLO SEI

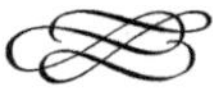

Anna

Anna Ryan strizzò gli occhi per riuscire a vedere all'interno dell'affollato fienile che ospitava oggetti per la casa, alla fiera di Denton. Era alta, nonostante avesse solo quattordici anni; l'altezza l'aveva ereditata dal padre, Logan. I capelli biondi, trasmessi dalla madre, Claire, erano raccolti in una treccia che le pendeva lungo la schiena, e in testa portava un cappello di paglia.

Quel mattino, c'era un gran viavai di gente, per lo più donne e bambini ma anche alcuni uomini, che curiosava tra i numerosi tavoli colmi di quadri, biancheria, trapunte e conserve. Un'aria di competizione crepitava all'interno di quello spazio, dato che molti dei venditori si battevano per aggiudicarsi un elegante nastro di eccellenza.

Nonostante l'atmosfera in generale allegra, per non dire affollata, Anna era certa che qualcosa non andasse.

Si tolse il cappello e allungò il collo per guardare meglio un tavolo con delle borsette lavorate ai ferri, situato a circa sei metri di distanza. Una donna anziana era passata davanti alle altre signore e osservava la proprietaria del banchetto con una strana concentrazione.

Quando la donna che vendeva le borsette si voltò verso un'altra cliente, la strana signora afferrò uno degli articoli e se lo infilò sotto a uno scialle sistemato sul braccio.

Anna sussultò.

È una ladra.

Il movimento fu talmente rapido che, se Anna non fosse stata impegnata a osservarla, le sarebbe potuto sfuggire. E ora la criminale stava sgattaiolando via.

All'improvviso, accanto al tavolo si scatenò un trambusto e Anna perse di vista la colpevole.

«Andiamo» disse la ragazza alla sua cerchia, che includeva le due sorelle minori, Sarah e Sophie, e le cugine, Katie e Josie. Dato che era lei la più grande, era compito suo tenerle d'occhio. Il che, di solito, comportava dire loro cosa fare e, per la maggior parte del tempo, le ragazze la ascoltavano.

«Aspetta» intervenne Katie, con le mani impegnate a giocare a ripiglino, un gioco di figure con lo spago che Sarah le stava insegnando. «Voglio comprare un biscotto al burro. Il banchetto è dall'altra parte.»

Loro due erano sempre una seccatura per Anna. La testardaggine di Katie era bilanciata dall'indole più fantasiosa di Sarah, e Anna avrebbe voluto alzare gli occhi al cielo per quella loro ossessione per i giochi con i fili.

«Tra un minuto. Prima devo fare una cosa.» Anna si diresse con passo deciso verso il tavolo con le borse, lanciandosi un'occhiata alle spalle per essere sicura che le ragazze la stessero seguendo. Venne accolta da un'espressione ribelle sul viso di Katie, che, tuttavia, una volta che Sarah le ebbe rimosso lo spago dalle dita, la seguì insieme alle altre.

La venditrice di borse era intenta a discutere con un'altra

donna. «È sparita. So che ne avevo tre dello stesso colore, e adesso ne sono rimaste solo due. Qualcuno l'ha rubata.»

All'improvviso, un'altra donna portò avanti un ragazzino, trascinandolo per un braccio. Sembrava avere circa l'età di Sarah e Katie, dodici o tredici anni.

«È stato lui» dichiarò la donna che teneva stretto il ragazzino.

«Non è vero» si oppose lui, i capelli corti e scuri erano lucidi e dritti sotto il cappello.

«Hai rubato la borsetta.»

«Non l'ho fatto.»

Anna si affrettò a farsi avanti. «Non è lui il colpevole. Io ho visto chi è stato. Era una donna con i capelli grigi e una leggera zoppia. Indossava un vestito giallo chiaro ed era all'incirca alta così.» Anna si portò la mano all'altezza del mento.

«L'hai vista?» disse la proprietaria della bancarella.

Anna fece un cenno con il capo, sicura di sé. «Sì.»

«Da dove?»

Lei si girò e indicò alle sue spalle. «Da laggiù.»

«È molto lontano.»

«Ho un'ottima vista» ribatté Anna.

La donna che teneva stretto il ragazzino le interruppe. «Beh, ti sbagli. Ho visto questa vicino ai piedi del ragazzo.» Mostrò la prova, proprio la borsetta che la criminale aveva preso.

Anna guardò l'articolo, poi alzò gli occhi verso il ragazzo, e si rese conto che aveva origini miste. Aveva la mascella rigida, con un'espressione ostinata, eppure lei era certa che non avesse preso parte a quel furto.

«È uno sbaglio» disse. «Non è stato lui.»

«E chi lo dice?» La donna che lo accusava aveva un ghigno sgradevole sulle labbra, le sopracciglia sottili con un'inclinazione decisa sopra gli occhi scintillanti. «Tu?»

Inarcò un sopracciglio quasi invisibile. «Sei una delle ragazze Ryan, non è così? Suppongo che non dovrei essere sorpresa che tu prenda le difese di un mezzosangue, considerando la storia di Molly Ryan. Lo sa il Signore che tipo di educazione avete ricevuto in quelle famiglie.»

Il corpo di Anna si irrigidì completamente, e serrò le labbra prima che l'istinto di fare qualcosa che l'avrebbe messa nei guai, come sputare addosso a quella donna, prendesse il sopravvento.

«Edith» la voce della proprietaria del banchetto la interruppe con un tono leggermente inorridito. «Ora basta. Queste ragazze cercavano solo di aiutare.» Si voltò verso Anna. «Adesso potete andare. Manderò qualcuno a chiamare lo sceriffo, affinché si occupi della questione.»

Anna deglutì, nonostante il nodo in gola. Per un momento, si fermò e guardò il ragazzino, ancora stretto tra le grinfie della donna. Avrebbe voluto dire altro, ma temeva che sarebbe stato distorto e usato contro di lui.

Dopo essersi girata lentamente sui tacchi degli stivali neri, Anna si allontanò, con la folla che si apriva al suo passaggio. Anche le altre ragazze la seguirono, e una sola occhiata bastò a rivelarle che anche loro erano rimaste ammutolite per lo stupore tanto quanto lei.

Una volta lasciata l'atmosfera soffocante del fienile, che non era solo dovuta alle troppe persone radunate in un piccolo spazio a mezzogiorno bensì anche alla violenza che quella tale Edith aveva rivolto al ragazzino, Anna si fermò, tremante e furiosa. Si voltò verso Katie, la cui espressione stupita tradiva incertezza e allo stesso tempo mostrava la somiglianza con la madre, la zia Molly.

«Perché alcune persone si riferiscono alla mia mamma come se fosse un qualche tipo di orticaria incurabile?» sussurrò Katie.

«Perché hanno una mentalità ristretta e quindi riescono

ad avere solo pensieri ristretti» disse Anna, ripetendo una frase che suo padre diceva spesso. «Non è stato quel ragazzo. Io ho visto la donna che l'ha fatto.»

«Dovremmo dirlo a papà e allo zio Logan» disse Josie, le labbra serrate per la rabbia. Josie aveva una marcia in più, che rendeva Anna lieta di averla dalla loro parte. Più di una volta aveva sentito gli adulti preoccuparsi che la sua determinazione a volte spericolata un giorno o l'altro l'avrebbe messa nei guai.

«Forse» rispose Anna, prendendola in considerazione. «Però non sono sicura di chi sia.»

Lo sguardo di Katie si illuminò. «Allora scopriamolo.»

Katie possedeva da sempre una forte vena di giustizia. Lo zio Matt diceva che sarebbe stata ottima come Texas Ranger, se solo non fosse stata così giovane. *E una ragazza.* Sebbene lui non avesse mai pronunciato quell'ultima parte ad alta voce, nella mente di Anna quell'opinione continuava comunque a riecheggiare.

Anna fece un risoluto cenno di assenso. «Avanti, ragazze. Lotteremo per difendere quel ragazzo.»

CAPITOLO SETTE

Logan

Logan si diresse verso le stalle sull'altro lato del polo fieristico, dove trovò Matt e Nathan intenti a osservare una delle giumente che Matt aveva portato.

Si sollevò il bordo del cappello con un colpetto. «Cosa c'è che non va?»

Matt si accucciò e fece scorrere una mano lungo la zampa anteriore della cavalla. «L'ho cavalcata questa mattina e ora sembra che si sia stirata.»

«Beh, forse è stata una fortuna che l'affare con Anderson sia sfumato.»

«Sei venuto a offrire la tua opinione o hai intenzione di aiutare?» disse Nathan, il tono velato di irritazione.

«No, mi dispiace. Sto cercando Claire.»

Nathan si rimise in piedi. «Perché?»

«C'è una donna che si lamenta di Anna. A quanto pare, un ragazzino è stato sorpreso a rubare e Anna insisteva nel proclamare la sua innocenza. Ha discusso con quelle signore finché non le hanno detto di andarsene.»

Matt sembrava preoccupato. «Katie e Josie erano con lei?»

«Penso di sì.»

«Cos'hai intenzione di fare?»

Logan ridacchiò. «Rimproverarle? Improbabile. Anna è caparbia e suppongo sentisse di averne il diritto. Però questa donna – si chiama Edith Reed – afferma che Anna è stata insolente.» Logan fece una pausa. «Il ragazzino accusato è per metà indiano. E la signora Reed ha fatto dei commentini sui Ryan e sulle loro opinioni permissive in materia.»

Matt imprecò sottovoce. «Un conto è che il tempo che Molly ha trascorso con i Comanche venga tirato in ballo come argomento di chiacchiere futili, cosa che tra l'altro è successa così tanto tempo fa da essere ormai storia antica, ma ora fanno soffrire le ragazze?»

«Purtroppo, per alcune persone non sarà mai storia antica» disse Nathan.

«Beh» disse Logan «quando troverò Anna, andrò a fondo della questione.»

«Io parlerò con Katie e Josie.»

«Nel frattempo» interruppe Nathan «penso che dovremmo portare qui Molly per dare un'occhiata alla zampa di questa cavalla.»

Sebbene la moglie di Logan, Claire, fosse un medico, la famiglia contava più su Molly quando i cavalli avevano qualche problema. Sembrava avere un sesto senso nei loro confronti.

CAPITOLO OTTO

Katie

Katie era seduta con fare discreto su uno sgabello nel fienile in cui quel giorno la giuria avrebbe effettuato ulteriori valutazioni. Lei e Anna avevano deciso che si sarebbero dovute sparpagliare e, sulla base della descrizione fornita da Anna, avrebbero dovuto cercare quella donna che il giorno prima aveva rubato la borsetta fatta ai ferri per poi lasciarla cadere ai piedi di quel ragazzo, di cui non avevano scoperto il nome; avevano però sentito dire che era stato trascinato in prigione e interrogato.

Si chiese se in quel momento fosse dietro le sbarre. Anna era certa che non fosse stato lui, e Katie credeva alla cugina.

«Cosa stai facendo?»

Katie sobbalzò al suono della voce della madre. Si voltò e la vide con la zia Claire. La nonna diceva spesso che, nonostante avessero solo un anno di differenza, Katie e Josie erano come gemelle e la copia esatta della loro madre quando era giovane, tutta capelli scuri e impaziente curiosità. Non fosse per il fatto che la loro madre era stata rapita dai

Comanche all'età di nove anni e non era più tornata a casa, o a ciò che ne era rimasto, fino a quando ne aveva diciannove, quindi come facesse nonna Susanna a saperlo andava al di là della comprensione di Katie. Ma la nonna lo definiva "avere fegato" e diceva che tutte loro ne erano dotate.

La fronte di sua madre si aggrottò. «Perché sei seduta in quest'angolo buio?»

Nonostante Katie mentisse di rado ai suoi genitori, non era certa se Anna volesse che vuotassero il sacco sul cercare di ottenere giustizia contro l'anziana sconosciuta. Si schiarì la gola, consapevole che la sua alleanza con Anna e il resto delle cugine, così come con sua sorella Josie, doveva avere la precedenza. Almeno finché non ne avessero saputo di più. Quell'ultima parte la fece sentire meglio riguardo al fatto di non raccontare la verità alla madre. Recuperò lo spago dalla tasca e iniziò a intrecciare le dita. «Mi sto solo esercitando a fare la scala di Giacobbe mentre aspetto Josie e Sophie» disse. «Sono andate a prendere un biscotto al burro.»

Le tre lanciarono uno sguardo tra la folla per cercare le ragazze, che com'era ovvio non riuscirono a vedere, dato che Katie era sicura che Josie e Sophie fossero da un'altra parte.

«Sai dove sia Anna?» chiese Claire. «Ho sentito che si è messa nei guai con una certa signora Reed.»

«Oh, sì. Quella donna è una strega.»

«Katie» la rimproverò sua madre con un tono severo.

Katie stava per ripetere le parole che la signora Reed aveva detto – "Sei una delle ragazze Ryan, non è così?" – però si trattenne. Quello che la signora Reed aveva insinuato era sbagliato, e, a dire la verità, Katie era orgogliosa di essere una Ryan, era orgogliosa di quello che la sua mamma aveva dovuto superare per costruirsi una vita con il papà, una vita per tutti loro. E la mamma le aveva insegnato che i Comanche potevano essere feroci e spaventosi, ma anche amorevoli e leali. E se questo rendeva i Ryan dei simpatizzanti nei confronti degli indiani, allora pazienza.

«Va bene, mi dispiace» ammise Katie, mentre nella testa cercava di perdonare la signora Reed anche se il suo cuore non era d'accordo. «Però Anna aveva una buona ragione per affrontarla. Quel ragazzo non ha rubato niente.» Saltò giù dallo sgabello. «Venite. Vi mostro dov'è successo tutto.»

Katie condusse la madre e la zia Claire al tavolo dov'erano esposte le borsette; tuttavia, si infastidì nel notare che la madre si era lasciata distrarre dagli oggetti su un altro banchetto.

Dato che aveva ancora l'attenzione della zia Claire, Katie le si avvicinò e sussurrò «Era una di queste borsette» mentre fingeva di essere interessata agli articoli.

La zia esaminò le merci per qualche minuto, finché lei e Katie si spostarono entrambe al tavolo che aveva catturato a tal punto l'attenzione di Molly.

«Cosa guardi?» le chiese Katie.

La madre sollevò uno degli articoli. «Fionde.»

«Sono giochi per maschi» aggiunse Katie. «Ne vuoi comprare una per Eli?»

«Come? Ah, sì. Sono fatte davvero bene. Mi riportano alla mente i tempi lontani.»

«Non avevi una fionda quando eri piccola?» le chiese la zia Claire.

«Sì. L'avevo chiamata "Lo scricciolo".» Sua madre si voltò verso la donna in piedi dietro al tavolo. «Le avete fatte voi?»

«No. Le prendiamo da un nostro conoscente.»

«Davvero? Da chi?»

«Credo si chiami Harner.»

«Bill Harner?»

«Mi sembra di sì. Desiderate acquistarne una?»

La madre di Katie annuì. «Sì.» Le porse quella che aveva in mano. «Prendo questa.»

La fionda venne avvolta in carta da pacchi e legata con uno spago, e ben presto la transazione venne completata. Tuttavia, quando se ne andarono, sua madre sembrava ancora distratta.

Il rimorso di aver raccontato delle mezze verità alla fine ebbe la meglio su Katie. «Io e le ragazze stiamo cercando di trovare la donna che ha rubato la borsetta.»

Molly smise di camminare e la guardò. «Perché?»

«Perché se ha rubato una volta, è probabile che lo rifaccia. Stiamo solo cercando di aiutare, dato che Anna è in grado di identificarla. E vogliamo dare una mano a quel ragazzo che è stato accusato.»

Molly allungò una mano per sistemare con delicatezza una ciocca di capelli dietro l'orecchio di Katie. «D'accordo. Solo, per favore, state attente e non mettetevi nei guai. E fate attenzione alle accuse. Se trovate questa donna, segnalatela a un adulto.»

«Sì, signora.»

«E quando vedi Anna» disse la zia Claire «dille di venire a cercarmi. Ho bisogno di parlarle.»

Katie annuì.

«E la cena è alle sei nel ristorante dell'hotel» aggiunse sua madre, mentre le due donne si allontanavano. «Non fate tardi.»

Sollevata per il fatto che raccontare la verità non avesse provocato una catastrofe, Katie ritornò allo sgabello e al gioco con lo spago per camuffare il vero scopo che la tratteneva nel fienile.

CAPITOLO NOVE

Molly

Molly arrivò alle stalle con Claire, che la lasciò subito sola non appena divenne chiaro che Logan non si trovava lì.

«L'ho spaventata?» chiese Matt mentre le si avvicinava. Si tolse il cappello e le baciò la guancia, restandole vicino più a lungo di quanto fosse appropriato.

Molly rise e lo allontanò di qualche centimetro. «Sta cercando Anna e vuole parlare con Logan.»

Matt le cinse la vita con il braccio sinistro e lei si godette le attenzioni del marito, che le riportarono alla mente la notte precedente e con quanto ardore lui le aveva dimostrato il proprio affetto. Si concesse un breve e alquanto passionale bacio prima di mettere un po' di distanza tra loro, con la mano ancora posata sul suo braccio. A qualche box di distanza c'erano dei ragazzini intenti a lavorare, e non c'era motivo di dare spettacolo e alimentare pettegolezzi inutili. Fece un passo indietro e si lisciò la gonna di cotone.

«Abbiamo sentito da Cale che la giumenta si è ferita» disse. «Sono venuta non appena l'ho saputo.»

«Non sono sicuro di quanto sia grave. Vorrei che le dessi un'occhiata.»

Molly annuì e si diresse verso la cavalla. Dopo un esame attento, gli chiese: «Cammina?»

«Sì, con una leggera zoppia.»

«Non penso si tratti di una cosa seria, forse è solo uno stiramento. In camera ho dell'unguento. Ti manderò una delle ragazze a portarlo, se riesco a trovarle. Applicalo tre volte al giorno e tienila nel box. Forse dovresti metterle accanto Ramona. La sua presenza la calmerà, e l'aiuterà a riposare e a guarire.» Si alzò e trasse un sospiro. «Sembra sempre di più che questo potrebbe non essere l'anno per dei nuovi esemplari da riproduzione. A meno che non ci sia stata un'altra offerta per i cavalli che abbiamo portato, per caso?» gli chiese speranzosa.

«Solo da McCabe.»

Lei emise un sonoro sbuffo di malcontento.

«Beh, sono più che altro chiacchiere» aggiunse Matt. «E non ho alcun desiderio di vendere a quell'uomo.»

Holden McCabe era un idiota dispotico e a Molly non stava simpatico. In qualche occasione, nell'ultimo anno, lui aveva cercato la sua compagnia, quando lei e Matt erano a Dallas e le loro strade si erano incrociate; tuttavia, l'attenzione di quell'uomo la metteva a disagio e, per fortuna, Matt era sempre stato con lei. Qualcosa le diceva che restare da sola con McCabe non sarebbe mai stata una buona idea.

«Nemmeno io lo voglio» aggiunse piano.

Matt le prese la mano e intrecciò le dita con le sue. «Abbiamo già incontrato degli ostacoli. Sopravviveremo.»

«Ma non avevi già firmato un accordo per il nuovo bestiame?»

«Sì, però non ho ancora mandato il denaro.» Lui fece

una pausa. «Ne parlerò con Cale. Potremmo ancora essere in grado di salvare la situazione. Forse ridurremo l'ordine, dato che con tutta probabilità non potremo tirarci indietro del tutto.»

Molly incontrò il suo sguardo e lo mantenne. «Magari non dovremmo ignorare la quasi offerta di McCabe. Potrei parlargli…»

«No. Ci inventeremo qualcosa.» Matt l'attirò di nuovo a sé, stretta contro il suo corpo.

Lei gli scompigliò i capelli, nel tentativo di sistemarli, dal momento che erano ancora tutti arruffati da quando si era tolto il cappello. La bravura con cui suo marito affrontava le avversità non smetteva mai di sorprenderla. Era capace di lasciarsi scivolare via le preoccupazioni, senza mai conservarle troppo a lungo. Per molto tempo Molly aveva cercato di essere come lui. C'erano alcuni giorni in cui aveva più successo che in altri.

«Quando mi guardi così, signora Ryan, mi fai venire voglia di fare altri bambini» le mormorò.

Lei provò un familiare desiderio di avere un altro figlio, ma dopo la nascita di Josie non ce n'erano più stati, nonostante non avesse cercato di evitarlo. Eli, Katie e Josephine erano tutto per lei, e aveva fatto pace con il fatto che la sua famiglia insieme a Matt fosse completa.

«Beh, magari basta bambini» gli disse «questo però non significa che non potremo dedicarci all'attività vera e propria…»

Lui si chinò e le strofinò il naso contro il collo. «Potremmo saltare la cena.»

Molly rise. «No che non possiamo. Io e Claire abbiamo invitato le ragazze. Stasera sarà un evento di famiglia.»

Il sopracciglio inarcato del marito ne indicava lo scetticismo. «E loro sono state ad ascoltare e sono d'accordo?»

«Stai insinuando che io non abbia alcuna autorità su di loro?»

«Loro sono proprio come te, tesoro, e io non vorrei che fosse altrimenti. È solo che, se ti aspetti che siano obbedienti, allora non conosci te stessa e tantomeno loro.»

Molly aggrottò la fronte. «Forse. D'accordo, è probabile.»

Matt notò il pacchetto che lei aveva posato a terra prima di aiutare la cavalla. «E quello cos'è?» le chiese.

Lei lo recuperò e scartò la fionda. «L'ho comprata alla fiera.»

Matt gliela prese dalla mano e la esaminò. «È ben fatta. Hai intenzione di rivivere la tua infanzia?»

Lei osservò l'oggetto e scrollò le spalle. «Mi ha ricordato di quella bambina che ero, prima che...» *...uccidessero i miei genitori.* Ma non poteva dirlo ad alta voce. Era un dolore ben sepolto, uno che non rivangava volentieri. Semplicemente, non ce n'era motivo.

Matt la baciò di nuovo, poi appoggiò la fronte contro la sua e le accarezzò la guancia con il pollice.

Molly si schiarì la gola e mise da parte la momentanea tristezza, poi riprese la fionda dalle sue mani.

«Volevo mostrarti qualcosa, a dire il vero» disse. «Guarda questo segno.» Era piccolo e inciso su un lato: un cerchio con all'interno una croce.

«Cos'è?»

«È un simbolo dei Comanche. Anche le altre fionde in vendita ne avevano uno. E la cosa bizzarra è che la donna che si occupava del banchetto ha detto che gli articoli le sono stati lasciati da un uomo di nome Harner.»

«Bill?»

«Forse. Mi ha incuriosita.»

Matt sorrise. «Non lo dubito. Suppongo che vorresti incontrarlo e chiederglielo.»

«Sì. Però non voglio offenderlo. Vedi, suo figlio ha

davvero i tratti dei Comanche. E suppongo che anche sua madre li abbia.»

«E pensi che potrebbe trattarsi di qualcuno che conosci? Che apparteneva alla stessa tribù che ti tenne in ostaggio? È passato molto tempo e tu eri solo una bambina. Riusciresti a riconoscere un ex membro dei Quahadi?»

Lei rifletté su quelle domande, poi disse: «Probabilmente no. Però cosa mi dici dei miei sogni?»

«Hai sognato delle fionde?» scherzò lui.

«No.» Lei gli scoccò un'occhiata di finta frustrazione. «Però ho sognato le mie sorelle.»

«Emma e Mary?»

«Non loro. Le mie sorelle comanche.»

«Cercherò di trovare Bill e lo inviterò di nuovo a cena.»

«Mi hai letto nella mente.» Con un passo, Molly si abbandonò nel suo abbraccio e lo avvolse, traendo conforto dal profumo della sua camicia pulita e dell'uomo che la indossava.

Lui la tenne stretta a sé. «È la mia specialità, signora Ryan.»

CAPITOLO DIECI

Anna

Anna entrò nelle stalle, lieta di trovarsi all'ombra e al riparo dal sole pomeridiano. Si fermò per orientarsi quando i suoni di uomini che parlavano, di cavalli che scalpitavano e l'odore del fieno la raggiunsero. Vide suo zio Matt dall'altro lato e si diresse verso di lui.

Una volta che gli fu vicina, disse: «La zia Molly voleva che ti portassi questa.»

Lui smise di spazzolare una delle giumente e uscì dal box per prendere la bottiglietta di unguento. «Grazie, Anna. Dov'è il resto della tua banda?»

«Le mie sorelle erano stanche e sono in hotel, a leggere in camera nostra. Katie e Josie sono andate con la zia Em a vedere la mostra delle torte.»

«Apprezzo che tu abbia dedicato parte del tuo tempo per portarmi questa.» Si voltò per rientrare nel box.

Anna si avvicinò al cancelletto e sbirciò dentro, mentre lo zio Matt si inginocchiava e iniziava a spalmare l'unguento sulla zampa anteriore della giumenta. «Guarirà?»

«Lo spero.»

«Ti serve altro?»

«No. Sono a posto. Puoi andare con le ragazze alla mostra delle torte, se vuoi. Ci vediamo a cena.»

A lei non interessava unirsi alle cugine, ma non lo disse. «Ciao, zio Matt» concluse, e se ne andò.

Quando uscì dalle stalle, venne distratta da un esuberante castrone in un recinto lì vicino e non vide il ragazzino finché non fu troppo tardi; la forza dell'impatto fu tale da farla cadere sul posteriore.

«Perdonami» le disse lui con voce profonda, una mano allungata verso di lei.

Anna alzò lo sguardo. Non un ragazzino, bensì un giovane uomo con i capelli scuri. Le afferrò la mano e la rimise in piedi con facilità.

«Mi dispiace» gli disse lei, strofinandosi il dietro della gonna-pantalone. «Non stavo guardando dove andavo.»

Lui la sovrastava di qualche centimetro. «Io ti conosco. Tu e tuo papà siete venuti al nostro ranch qualche anno fa. A quei tempi eri una bambina.»

Anna si concentrò sul giovane. «Scusami, chi sei?»

«Malcolm Hardy.»

«Sei un Hardy?» Lei non riuscì a nascondere la sorpresa. L'unico Hardy che ricordava era Roy, che aveva all'incirca la sua età, e lui non le piaceva affatto. Suppose che Malcolm potesse avere diciotto o diciannove anni.

«Già. Credo si possa dire che sono l'emarginato, dato che sono un fratellastro.»

«Oh.» Presa dall'agitazione, Anna si rese conto di essere stata scortese e cercò un modo per sistemare le cose, ma la mente le si era svuotata.

«E tu sei Anna, giusto?»

Lei annuì.

«Ti piace la fiera?» le chiese lui.

«Sì» gli rispose, con un po' troppa forza. Prima di poter assumere un'espressione più composta, disse tutto d'un fiato: «Sono venute due delle mie sorelle e le mie cugine, insieme alle mie zie e agli zii.»

Lui le sorrise e Anna si ritrovò a fissarlo. Non ricordava che qualcuno degli Hardy fosse bello. A essere onesta, non sapeva molto della famiglia, al di là di quello che aveva di tanto in tanto sentito dire da suo padre e dagli zii. Non le era sfuggito il sottile disprezzo che provavano nei confronti del capofamiglia degli Hardy.

«Allora ci sono un sacco di Ryan» disse lui. «Prima ho visto tuo padre da lontano.»

Le venne in mente che forse non avrebbe dovuto mettersi a parlare con un Hardy, e diede un'occhiata all'ambiente che la circondava. Per fortuna non c'era traccia dello zio Cale o dello zio Nathan, e soprattutto di suo padre, e lo zio Matt doveva essere ancora nella stalla con la giumenta.

«Cerchi qualcuno?» le chiese Malcolm.

Lei si aggrappò al primo pensiero che le venne in mente. «Ho visto una donna rubare una borsa, qualche giorno fa, e ha dato la colpa a un ragazzino. Lo sto cercando.»

«Eri tu? Ne ho sentito parlare. Penso di sapere dove potrebbe essere.»

«Davvero?» Forse era stato un colpo di fortuna che si fosse letteralmente imbattuta in Malcolm Hardy.

«Vuoi che te lo mostri?»

«Sì, grazie.»

«Andiamo.» Si voltò e lei si affrettò a raggiungerlo. Il ragazzo camminava veloce e ben presto la lasciò indietro. Anna era già alta per la sua età, eppure faceva fatica a stare al passo. Quando lui sembrò accorgersi di quanto fosse rimasta indietro, rallentò.

Lei lo raggiunse, e cercò di non notare le sue spalle ampie. «Non avevo capito che il signor Hardy avesse più di una moglie.» Eccola che se ne saltava fuori con un'altra affermazione forse scortese. Perché i suoi pensieri erano tutti confusi da quando era con lui?

Si erano allontanati dalle stalle principali e si dirigevano verso un altro gruppo di edifici a est.

«Mia madre è morta quando ero piccolo.»

«Mi dispiace.»

Lui si strinse nelle spalle, il che attirò l'attenzione della ragazza sul suo profilo e sull'aria serena. «Non fa differenza, ormai. Ero troppo piccolo per ricordarmi di lei. Però ho un dagherrotipo.» Infilò una mano nella tasca del panciotto e ne estrasse un orologio. Aprì il coperchietto e all'interno c'era la foto di una giovane donna.

«Era bellissima.»

«È vero.»

Anna non sapeva cosa dire. Il fatto che l'avesse tenuta, nonostante non avesse ricordi di lei, era alquanto sentimentale e le fece stringere il cuore. Lei era fortunata ad avere una casa con entrambi i genitori che si amavano. E tre sorelle, e i nonni, e gli zii e le zie paterne, oltre al fratello di sua madre, lo zio Jimmy.

Anna ricordò di aver sentito dire che il capofamiglia degli Hardy era un uomo severo. Voleva chiederlo a Malcolm, però questa volta riuscì a tenere a freno la lingua. Non erano affari suoi, ricordò a se stessa. Tuttavia, il desiderio di saperne di più su Malcolm Hardy la opprimeva, deciso e forte, e non aveva alcun senso. Nonostante le loro famiglie vivessero su terre adiacenti l'una all'altra da molti anni, lei sapeva ben poco di quella famiglia e non si era nemmeno ricordata di lui fino a quell'incontro casuale.

«Com'è possibile che le nostre famiglie non abbiano mai socializzato?» gli chiese.

Lui distolse lo sguardo, la sua espressione si indurì, per

poi svanire poco dopo, e si voltò verso di lei con uno sguardo divertito. «Temo che mio padre non sia molto socievole.»

Anna riuscì a percepire tutto quello che Malcolm non aveva detto, e provò una sensazione cupa e pesante. «E noi abbiamo così tante ragazze in famiglia» scherzò. «È probabile che ci troveresti sciocche. Hai delle sorelle?»

«No. E dubito che voi siate sciocche.» Le regalò un mezzo sorriso che le provocò una strana sensazione alle viscere. «Però conosco i tuoi cugini, Eli e Lucas, giusto un pochino.»

Anna non ricordava che Eli e Lucas avessero mai menzionato Malcolm. «Sei venuto alla fiera con la tua famiglia per vendere il bestiame?»

«Non sono qui con loro. Lavoravo per Holden McCabe, ma mi ha appena licenziato.»

«Oh, mi dispiace tanto. Ti ha detto perché?» Forse il bell'aspetto di Malcolm nascondeva il suo vero spirito Hardy, e forse era più simile al padre di quanto sembrasse, anche se Anna non pensava fosse così. C'era qualcosa di tranquillo e di determinato nell'atteggiamento di Malcolm.

Invece di rispondere, il giovane disse: «È lui?» Si era fermato e aveva indicato con un cenno del capo un recinto in lontananza.

Anna riconobbe il ragazzino. «Sì. Grazie.» Tornò a rivolgere lo sguardo su Malcolm, consapevole che con tutta probabilità ora si sarebbero dovuti separare, e lei provava una certa riluttanza nell'accettare la fine del loro tempo insieme.

«È stato bello parlarti, Anna. Magari ci vedremo di nuovo.» Le regalò un sorriso che le fece credere di essere speciale, e poi se ne andò.

Per un istante, il cuore prese a galopparle nel petto e per poco non si lasciò sfuggire "Oh, cielo". Avrebbe voluto richiamarlo. Se il signor McCabe l'aveva licenziato, allora era probabile che Malcolm se ne sarebbe andato, magari proprio quello stesso giorno, e lei non l'avrebbe più rivisto.

Chi l'avrebbe detto che si sarebbe sentita così in estasi a causa di un Hardy in meno di dieci minuti?

Con un respiro fortificante, scacciò il bel viso di Malcolm dai propri pensieri e spostò l'attenzione sul ragazzino che lei e la sua banda stavano cercando.

Arrivò alla staccionata. Lui era nel recinto che spargeva il fieno con un forcone. «Ciao» gli disse.

Il ragazzo alzò lo sguardo, e un'ombra di diffidenza gli attraversò il volto.

Lei sventolò la mano. «Sono Anna Ryan.»

«Ciao» le rispose.

«E tu sei?» lo imbeccò.

«Aaron.»

«Piacere di conoscerti, Aaron.»

«Posso aiutarti?» Le sue parole erano lente, quasi riluttanti.

«No. Sono io che voglio aiutare te. So che non hai rubato quella borsetta ieri, perché io ho visto chi è stato. Voglio andare dallo sceriffo e raccontarglielo.»

Lui scosse la testa. «Hai visto cos'è successo quando hai provato a parlare. Non devi farlo.»

«Ma io voglio farlo. Sei innocente. Non sei stato in prigione per un po'?»

«No, non proprio. Mi hanno solo fatto delle domande, poi mi hanno lasciato andare via con mio padre.»

«Beh, mi fa piacere sentirlo» disse lei. «Sai per caso perché quella donna ha lasciato cadere la borsetta ai tuoi piedi?»

Lo sguardo si spostò su di lei. «Come lo sai?»

«Perché ha senso. Io l'ho vista che la prendeva, e un attimo dopo ti hanno trascinato al banchetto con la prova.»

«Come sai che non sono colpevole?»

La domanda colse Anna di sorpresa. Non ci aveva pensato. Aggrottò le sopracciglia. «Lo sei?»

Lui sollevò le spalle. «Ha importanza?»

Il ragazzino sembrava sconfitto.

«Beh, certo che importa» gli rispose. «Non dovresti subire un'accusa infondata.»

«Non voglio essere maleducato, ma perché mai un qualsiasi adulto dovrebbe starti a sentire?»

La domanda la sorprese. I suoi genitori la ascoltavano sempre, così come i nonni e le zie e gli zii. Anna si rese conto che, fino a quel momento, l'aveva sempre dato per scontato.

«Anche le mie cugine e le mie sorelle vogliono aiutarti» disse. «Ci permetterai di farlo?»

«Ma le tue cugine non sono ragazzi.»

«No che non lo sono. Perché?»

«È solo che non penso che qualcuno darà retta a delle ragazze.»

Nel petto di Anna divampò l'indignazione. «Staremo a vedere. Sei impegnato in questo momento?»

«Devo finire i miei lavori.» Indicò il fieno.

«Ti aiuterò io. Poi verrai insieme a me a conoscere le altre?»

«Intendi le ragazze?» La sua voce aveva un tono scettico.

«Sì. Le ragazze. Non ci sottovalutare, Aaron.»

Lui fece un lieve cenno di assenso con il capo. «D'accordo.» Anche se non sembrava molto entusiasta.

CAPITOLO UNDICI

Matt

Il ristorante in fondo alla strada dove si trovava il loro hotel era affollato per l'ora di cena, ma per fortuna Matt aveva prenotato due tavoli in anticipo, uno per gli adulti e l'altro per le ragazze. Dopo una lunga giornata passata nelle stalle con i cavalli, si era dato una ripulita e non vedeva l'ora di trascorrere del tempo con la moglie, suo fratello e il suo migliore amico, nonché le loro mogli. Si rilassò e diede un'occhiata al menu.

Katie si alzò dal tavolo vicino, dov'era seduta insieme alle ragazze, e andò da Molly, per poi sussurrarle qualcosa all'orecchio. Molly annuì, sussurrò qualcosa in risposta, quindi Katie ritornò al suo posto. In quel momento, Anna era impegnata in una discussione con sua sorella, Sophie, e aveva delle rughe che le solcavano la fronte.

Matt si avvicinò alla moglie. «Cosa ti ha detto?»

«Katie voleva sapere se avessimo fatto dei piani per la famiglia, dopo cena.»

«Perché?»

Molly sollevò le spalle e si sistemò dietro l'orecchio qualche ciocca sfuggita dallo chignon. «Al contrario di ciò che pensi, non interrogo le ragazze su ogni minima cosa.»

Matt le scoccò un'occhiata dubbiosa.

«D'accordo» ammise lei. «Sono solo un pochino più discreta di te. Vediamo come va a finire. Non facciamo di una mosca un elefante.»

«Dimentichi che ti conoscevo quando eri una bambina, ed eri una peste.»

Molly rise. «Quindi è naturale che questo atteggiamento abbia contagiato anche le nostre figlie.»

«Non l'ho mai dubitato, neanche per un minuto.»

«Beh» proseguì lei «non abbiamo programmi, no? Ho detto a Katie che potevano andarsene dopo aver finito di mangiare.»

«Io sarò d'accordo solo se ci sarà Anna con loro. Assicurati di dirglielo.»

Molly prese un sorso d'acqua e disse: «Puoi dirglielo tu.»

«Come sta la giumenta?» chiese Logan dall'altro lato del tavolo.

«Le ho spalmato l'unguento di Molly, perciò vedremo come va» disse Matt.

Nathan si appoggiò allo schienale della sedia e mise un braccio su quello di Emma, poi fece un ampio sorriso. «A quanto pare, Cale ha una sorpresa.»

Matt lanciò un'occhiata dietro di sé e vide la moglie di Cale.

«Tess!» Molly saltò su dalla sedia e andò ad abbracciare la donna. «Quando sei arrivata? Non avevamo idea che saresti venuta.»

«È stata una decisione dell'ultimo momento.»

Claire ed Emma si alzarono e salutarono Tess con allegri abbracci, poi la donna fece una rapida sosta al tavolo delle ragazze, con le quali si scambiò sorrisi e gridolini di gioia.

Grazie alle abilità di Tess nel raccontare storie, era la preferita delle sue nipoti.

Nathan lasciò libero il posto e tirò indietro la sedia per Tess, mentre Matt faceva segno al cameriere di portarne altre due.

Una volta che tutti si furono sistemati, Tess disse: «Susanna si è offerta di dare una mano con i bambini, perciò sono riuscita a venire insieme al nostro caposquadra, che aveva in programma di andare a trovare sua sorella qui in città.»

Matt non era sorpreso che sua madre si fosse offerta di aiutare Tess. Susanna Ryan stravedeva per tutti i nipoti, inclusi quelli di Cale e Tess, anche se, tecnicamente, non erano suoi. Si era calata nel ruolo di nonna senza esitazione, e, sebbene il padre di Matt non fosse tipo da dedicare attenzioni eccessive ai bambini, non avrebbe mai negato all'adorata moglie una casa piena di nipoti.

Ordinarono la cena – arrosto di manzo con fagioli di Lima, bistecca con cipolle e trota al forno con salsa di acciughe – accompagnati da whiskey per gli uomini e sherry per le donne, e, tra molte risate, chiacchierarono della fiera, dei cavalli e del recente viaggio di Tess. Era passato del tempo da quando le quattro coppie si erano riunite, e Matt pensò che non esistesse piacere più grande dell'essere circondato dalle persone che lui amava e rispettava di più al mondo.

Il suo buonumore scemò quando apparve Holden McCabe.

«Sembra che ci sia una festa» disse McCabe, vestito per una cena molto più elegante di quanto quel ristorante potesse offrire. I capelli neri erano pettinati all'indietro, il che metteva in evidenza il suo viso giovanile, nonostante avesse all'incirca trentacinque anni, quasi la stessa età di Molly. E, sebbene fingesse cordialità, a Matt non sfuggì la fredda astuzia nello sguardo dell'uomo. Era un tipo scaltro.

«È solo una riunione di famiglia» rispose Matt.

«La famiglia è importante. Forse non lo sapete, ma ho portato la mia cara madre con me alla fiera.»

«Si sta divertendo?» chiese Molly, con il collo allungato per alzare lo sguardo su di lui.

«Sì, grazie. Tuttavia, mi domandavo se potessi chiedervi un favore. Cenereste con noi? Domani, magari?»

McCabe fissava solo Molly mentre poneva quella domanda. Matt aveva diverse risposte sulla punta della lingua, nessuna di queste educata.

Quando al tavolo calò il silenzio, Molly abbassò lo sguardo su Matt.

«Mia madre...» McCabe esitò, poi si chinò appena e disse a bassa voce «...è interessata al periodo che avete trascorso con i Comanche.»

Matt trattenne un impeto di irritazione davanti all'atteggiamento inappropriato dell'uomo verso Molly, soprattutto quando lei cercò di ritrarsi e mettere della distanza, per quanto lieve, tra lei e McCabe.

«Non so ancora quali programmi abbiamo» disse Molly.

«Significherebbe molto per lei. Da queste parti vi considerano un'esperta quando si tratta di quella terribile tribù.»

A Matt non sfuggì l'incertezza sul viso di Molly quando una ruga tra le sopracciglia si fece più marcata. Sua moglie era una persona riservata, tuttavia credeva anche nell'aiutare gli altri, quando si poteva farlo. E McCabe stava facendo leva sulla sua coscienza, maledizione.

«Sarei lieta di unirmi a voi» disse lei, sebbene nel suo tono ci fosse ben poca gratitudine.

Una cosa che Matt aveva imparato negli anni in cui era stato sposato con Molly era la sua avversione nel sentirsi dire cosa fare. Di rado lui si intrometteva nelle sue decisioni, ma stavolta lo avrebbe fatto.

«Tutti e due» aggiunse Matt.

Molly gli rivolse un'occhiata di sollievo.

Il leggero sdegno nello sguardo di McCabe mostrava che aveva chiaramente sperato di avere Molly tutta per sé; ciò nonostante, si raddrizzò e disse: «Molto bene.» Fece scorrere lo sguardo attorno al tavolo. «È stato bello vedervi tutti.» Quindi, rivolto a Matt e Molly: «Ci vediamo domani sera.»

Poi se ne andò.

«Che diavolo di problemi ha, McCabe?» chiese Logan.

Da qualche posto più in là, Cale inarcò un sopracciglio. «E non ha nemmeno accennato al fatto di volere i nostri cavalli.»

«Ha una cotta per Molly.» Nathan richiamò l'attenzione del cameriere con un gesto della mano e indicò il bicchiere di whiskey di Matt, ormai vuoto. «Credo te ne serva un altro.»

Nathan non aveva torto, e lui annuì per ringraziarlo.

«Non si preoccupa di nasconderlo a Matt» disse Cale.

«Non ho mai detto che fosse furbo» aggiunse Nathan.

Molly sospirò e afferrò la mano di Matt. «È ridicolo. Non ha una cotta per me. Deve avere un motivo per questo suo interesse, e deve avere a che fare con sua madre. Se posso essere di aiuto, lo farò.»

A Matt non sfuggì il silenzioso scambio di sguardi tra lei ed Emma.

«Pensi che abbia qualcosa a che fare con i tuoi sogni?» le chiese.

Molly si strinse nelle spalle. «Mi è passato per la mente, il che in sostanza è il motivo per cui ho detto di sì.»

Cale aggrottò la fronte. «Di cosa parlate?»

«Ho fatto dei brutti sogni… degli incubi, a dire la verità… sulla mia famiglia comanche.»

Nathan si voltò verso la moglie. «Hai provato a vedere qualcosa?»

Emma annuì. «Io e Molly ne abbiamo parlato. Non ho mai visto McCabe, però Molly potrebbe non avere torto riguardo all'incontrare sua madre. Quantomeno, ci guadagnerete un pasto gratis.»

«Dovrà passare sul mio cadavere» borbottò sottovoce Matt. «Sono in grado di offrire a mia moglie una cena come si deve.»

Molly gli strinse la mano, che non aveva ancora lasciato andare, e rise. «Sono contenta che verrai con me.»

«Non c'è mai stato alcun dubbio. Per niente al mondo ti lascerei da sola con quell'uomo.»

«Non lo sarei stata. Ci sarà sua madre con noi.»

«Ci crederò quando lo vedrò.»

Anna arrivò al tavolo e chiese a Logan: «Possiamo per favore andare via, papà?»

Claire sollevò lo sguardo verso la figlia. «Non volete il dolce?»

«No, grazie.»

L'espressione di Logan si fece riflessiva. «Cosa avete in mente di fare, voi ragazze?»

«Niente» rispose Anna. «Vogliamo andare alle stalle, se siete d'accordo. Ci vanno anche altri.»

«Per favore, restate insieme» ribatté Molly.

«Le terrò d'occhio io.»

Quando Logan spostò lo sguardo su Matt, questi fece un lieve cenno di assenso verso il fratello.

«Allora suppongo che vada bene» disse Logan.

Josie e Katie andarono da Molly e la baciarono, poi stamparono dei rapidi baci anche sulle guance di Matt. «Ciao, papà.»

Come un turbine, le cinque ragazze si allontanarono.

Claire sorseggiò lo sherry. «Pensate che si stiano comportando bene?»

«Sono brave ragazze» ribatté Molly.

«Eravamo brave ragazze anche noi» disse Emma. «Ciò non significava che non andassimo in cerca di guai.»

Molly rise. «Vero. D'accordo, dopo cena andremo tutti alle stalle.»

«Pensi davvero che vogliano che noi otto ci mettiamo a spiarle?» chiese Matt.

«No, suppongo di no.»

«Andremo io e Logan» aggiunse lui. «Possiamo ricorrere alla nostra esperienza nelle forze dell'ordine.»

Molly inarcò un sopracciglio. «Quindi mi stai dicendo che questa faccenda necessita di un ex Texas Ranger e di un ex vicesceriffo? Non mi infondi sicurezza.»

«Hai ragione» disse Matt. «Questa cosa va oltre le nostre capacità.»

Tutti si misero a ridere.

CAPITOLO DODICI

Logan

Logan camminava accanto a Matt, in direzione delle stalle, e salutava con un cenno del capo le persone che incontravano. Il sole era tramontato e il cielo si trasformava dall'arancione al grigio a ogni battito dei loro stivali sulla passerella di legno. L'aria si era rinfrescata, quindi Logan si abbottonò il cappotto e sollevò il bavero per tenere caldo il collo.

Una serata in compagnia di buoni amici e della famiglia, oltre alla fiacchezza provocata dal bicchierino di whiskey che Logan aveva bevuto a cena, gli provocava un caldo bagliore di sdolcinatezza che si propagava dal ventre dritto al cuore. Com'era naturale, i suoi pensieri si spostarono alla moglie e alle figlie.

La nascita delle sue ragazze era la cosa migliore che gli fosse mai capitata, insieme all'aver sposato Claire. La sua vita era più colma di amore, risate e gratitudine di quanto probabilmente un uomo meritasse. In effetti, prima di sistemarsi era stato un po' irrequieto, aveva viaggiato, aveva fatto numerosi lavori, ed era stato con donne che non gli avevano fatto bene, tra cui Dee, che si era rivelata la peggiore di tutte. Ogni giorno era grato a qualunque Dio esistesse per averlo riportato sulla retta via e per aver condotto Claire davanti alla sua porta, o meglio, alla porta dei suoi genitori, quando era arrivata insieme a Molly, a quei tempi considerata morta da tempo. Era ancora una storia incredibile.

«Devo sul serio ringraziare Molly» disse Logan.

Matt spostò dall'altro lato della bocca lo stuzzicadenti preso al ristorante. «Per cosa?»

«Per avermi portato Claire.»

«Non hai intenzione di metterti a piangere, vero? Continuo a dimenticarmi che non reggi più bene l'alcol.»

Logan sorrise, imperturbato dall'insolente commento di Matt. «Non è vero. Sono soltanto felice, tutto qui.»

Matt distolse lo sguardo, con una risatina.

«A volte però mi domando se il destino non mi stia dicendo "Vacci piano"» proseguì Logan.

Matt lo guardò e trasse un sospiro. «D'accordo, sputa il rospo. Ma la prossima volta che berrai a cena, mollerò te e il tuo culo malinconico a tua moglie.»

Ignorando l'irritazione di Matt, Logan disse: «È che avere solamente figlie femmine ha questo effetto su un uomo: lo tiene sulle spine, per così dire.»

«E che mi dici di Jimmy?»

Vero. Logan non era sempre stato l'unico uomo in famiglia, dato che Jimmy, il fratellino di Claire, aveva vissuto con loro dall'età di otto anni. Logan lo aveva cresciuto come un figlio.

«Sì, ma Jimmy se n'è andato da cinque anni, ormai.» Il ragazzino aveva frequentato la scuola nell'Est, per studiare paleontologia, e ora lavorava nel Wyoming. «Però sono maledettamente orgoglioso di lui.»

Matt annuì. «Lo siamo tutti.»

«Anche tu hai delle figlie. Devi ammettere che è diverso dal crescere maschi.»

Lasciarono la passerella per proseguire sulla strada. Il forte suono di un violino proveniente da un saloon dall'altro lato riempiva l'aria, e si fermarono quando passò un calesse tirato da un cavallo, prima di attraversare la strada.

«Non posso non essere d'accordo» disse Matt. «Però non iniziare a rimuginare su Sarah.»

Logan aveva un debole per tutte le sue ragazze, tuttavia aveva confidato solo a Matt e a Claire il suo particolare attaccamento nei confronti di Sarah. La sua nascita era stata difficile per Claire, e in seguito Sarah aveva avuto problemi nella crescita. A quei tempi vivevano in Pennsylvania, così che Claire potesse frequentare la scuola di medicina, e per loro era stato uno dei periodi più difficili, quando avevano rischiato di perdere la neonata. Ma sua madre era andata a stare da loro per un soggiorno prolungato e li aveva aiutati con Anna, che aveva un anno, e Jimmy, che ne aveva nove, così che Claire si potesse concentrare su Sarah. Sua madre era stata una figura materna per Claire quando sua moglie ne aveva avuto più bisogno, dato che la sua l'aveva persa pochi anni prima.

«Non sono un tale guastafeste, vero?»

Mentre percorrevano Hickory Street, Matt lo guardò con gli occhi socchiusi. «Non chiedermi di mentire.»

«E tu sei l'ottimismo fatto persona.»

«Mi piace pensarlo.»

«Se ripenso ai momenti tristi lo faccio solo per costringermi ad apprezzare tutto quello che ho. E sebbene adori la mia pragmatica Anna, la mia dolce e tranquilla Sophie, e la sempre turbolenta Ellie, in quei primi giorni di vita di Sarah mi è successo qualcosa, un attaccamento che ha sviluppato una vita propria. Se è possibile che uno spirito riesca a impedire a un altro di lasciare questa esistenza terrena, allora in qualche modo io mi sono assicurato che Sarah non se ne andasse. Non c'è niente che non farei per Claire e quelle ragazze.» Lo sapeva nel profondo di sé.

Matt diede a Logan una pacca sulla schiena e gli strinse la spalla. Nonostante tutti i battibecchi tra loro, Logan sapeva che avrebbe sempre potuto contare sul fratello.

«Sei proprio un novellino.»

Logan sbuffò. «E tu no?»

«Non stiamo parlando di me.»

«Sto pensando di portare Sarah a far visita a Jimmy in Wyoming.»

Jimmy aveva creato un forte legame con Sarah quando lei era piccola, e anni dopo erano diventati compagni di avventure, saltavano le faccende e sgattaiolavano via alla ricerca di pietre e fossili e ossa di animali. Passavano al setaccio diverse zone per giorni, senza incontrare anima viva, e ne erano del tutto contenti, con quel loro aspetto che li faceva assomigliare più a un fratello e una sorella che a uno zio e una nipote, con gli stessi capelli biondi e i sorrisi che venivano più dal lato della famiglia Waters che da quella di Logan. La decisione di Jimmy di studiare paleontologia non era dunque stata una sorpresa.

«Sono certo che lei lo adorerebbe» disse Matt. «E anche Jimmy. Dovresti farlo. Posso mandare Eli da te per aiutare Claire con i lavori in casa mentre tu sei via.»

«Te ne sarei grato.»

Si fermarono entrambi di colpo quando videro la scena nelle stalle, dove la luce diffusa da diverse lanterne conferiva un bagliore quasi sacro ai bambini che si divertivano, tra cui c'erano anche le loro figlie.

Logan aggrottò la fronte. «È quello che penso che sia?»

Matt fece una risatina sommessa. «Devo ammettere di essere un po' sollevato.»

«Perché?»

«Le nostre ragazze non sono interessate a mettersi nei guai.»

«Sei pazzo se non pensi che quelli siano guai. È probabile che ce ne torneremo a casa con uno per ogni ragazza.»

Gli occhi di Matt brillavano divertiti. «Potrebbe non essere così male» mormorò.

«Stai pensando a Ranger?» domandò Logan, in riferimento al cane che aveva fatto parte della famiglia di Matt e Molly per tredici anni, prima che lo perdessero la scorsa primavera.

«Sento ancora la mancanza del mio vecchio amico.» La voce di Matt era carica di nostalgia.

Ranger era stato un cane meraviglioso e anche utilissimo nel radunare il bestiame. Nonostante Logan e Matt avessero parecchi cani nei loro ranch, di solito questi dormivano con i braccianti; tuttavia, a volte uno di loro si insinuava nella casa padronale e nei cuori delle loro ragazze. Al momento, né il *Dove Crossing* né il *Rocking Wren* avevano un cane domestico.

Logan tornò a osservare la scena: un gruppo dei ragazzini della città era venuto alle stalle per giocare con una cucciolata. C'erano molte urla e inseguimenti, abbracci ai cuccioli e baci umidi da parte degli animali, e nel bel mezzo del gruppo di cuccioli dal pelo beige si trovavano le sue figlie, insieme a Katie e Josie.

«Pensi che dovremmo avvisarle che siamo qui?» chiese Logan. «Questa situazione è destinata a sfuggirci di mano.»

«Come ti saresti sentito se papà ci avesse tenuti sempre sott'occhio in ogni momento? Penso che sia meglio lasciarle in pace.»

«E poi dici che sono io quello sentimentale.»

Almeno una dozzina di altri bambini giocava con i cuccioli, dunque era probabile che ci sarebbe stata un'alta richiesta per avere quei cani. Avrebbe dovuto trovare un modo per portare a casa un gruppetto di cuccioli, oppure si sarebbe ritrovato con tre ragazze molto depresse. Con un sospiro, capì quale opzione avrebbe scelto.

«Non ci sono abbastanza cuccioli perché tutti quei ragazzini possano averne uno» disse Logan, pensando ad alta voce.

«Sottovaluti le nostre figlie. Che le suppliche abbiano inizio.»

«Quanto resisterai?»

«Non molto a lungo.»

Logan rise. «Già, nemmeno io.»

«Forse dovremmo mandarle da Molly e Claire.»

«Sul serio? Come se le ragazze non andrebbero comunque prima dalle loro madri. A ogni modo, se giochiamo bene le nostre carte, le nostre mogli saranno in debito.»

«Vero.»

Iniziarono la passeggiata di ritorno verso l'hotel. Era passato del tempo da quando Logan aveva avuto modo di godersi un incontro rilassato con il fratello. In genere erano molto impegnati con i rispettivi ranch e le famiglie e, quando riuscivano a farsi visita, di solito c'erano anche tutti gli altri.

«Ti ricordi di Marley?» chiese Logan, riferendosi al cane da pastore che avevano avuto da bambini.

Matt sorrise. «Quello sì che era un cane.»

«Il cane più pigro che sia mai esistito.» Logan però non riuscì a nascondere l'affetto nella voce.

«Non gli piaceva consumare energia superflua, tutto qui.»

«Le sue presunte ferite sono leggendarie» disse Logan, con riferimento alle molte volte in cui Marley sembrava essersi all'improvviso slogato una zampa per poi zoppicare fino a un cespuglio ombreggiato quando era il momento di svolgere i suoi compiti di pastore. «Le mie ragazze adorano quelle storie.»

«Anche le mie. In particolare, quella con il gatto.»

«Scout?» Logan aveva dimenticato il grosso felino arancione che aveva vissuto nel loro fienile.

«Già.»

«Ricordami cos'era successo.»

«Era quella volta in cui Scout era seduto sulla staccionata tutto tronfio d'orgoglio e il dolce Marley arrivò, notò la coda di Scout che penzolava, e allora afferrò la punta con la bocca e lo strattonò facendolo cadere a terra.»

Logan rise. «Adesso ricordo. Scout non si fece niente, però il suo ego ne restò profondamente ferito.»

«Marley aveva dimostrato quanto odiasse quel gatto.»

«Credo che il sentimento fosse reciproco.»

«Pensi che Eli prenderà il tuo posto al *Rocking Wren* un giorno?» domandò Logan.

«Presto se ne andrà» rispose Matt. «Proprio come Jimmy.»

«Credo che tu ti stia sbagliando. Eli rimarrà. Mi ricorda papà; l'allevamento ce l'ha nel sangue, anche più di quanto l'avessimo tu e io. Forse sarà proprio lui a prendere in mano l'SR» aggiunse Logan, riferendosi al ranch dei loro genitori.

«Averlo vicino renderebbe felice Molly.»

«Immagino di sì. Ma cosa mi dici delle nostre ragazze? Pensi che resteranno nei paraggi?»

Matt si fece silenzioso per un attimo, mentre si dirigevano verso la piazza principale del centro città. «Certo, mi piacerebbe tenerle tutte vicine a me. Però lo vedo negli occhi di Katie, quel fuoco per il desiderio di qualcosa di più. Ce l'avevo io. E anche tu l'avevi.»

«Noi però non eravamo ragazze.»

«Faresti meglio a non dirlo ad alta voce. Non saresti più nelle grazie di Claire.»

Logan rise. «Hai ragione. Temo che la vita normale non andrebbe a genio neanche alle mie figlie. Devo ammettere che ci vorrà un uomo speciale per stare accanto a loro.»

«Non dirlo nemmeno per scherzo. Se dipendesse da me, a casa nostra non entrerebbe neanche un ragazzo.»

«Buona fortuna. Ma forse Josie resterà. È una tale pantofolaia.»

«Lei è la mia piccola saggia. Mi piacerebbe averla al mio fianco.» Sul volto di Matt comparve un'espressione malinconica. Se il punto debole di Logan era Sarah, Josephine era quello di Matt.

«E le tue ragazze, invece?»

«Beh, sappiamo tutti che Anna potrebbe mandare avanti la nostra famiglia, la tua e quella di mamma senza batter ciglio. È sicura di sé e organizzata, e sarebbe un peccato tenerla rinchiusa con me e Claire. So che se ne dovrà andare, ed è probabile che vorrà studiare per diventare un medico come Claire, e un pezzo del mio cuore se ne andrà insieme a lei. Spero di sopravvivere.» Gli si incrinò la voce. «Maledizione. Sono diventato un perfetto idiota, vero?»

«L'hai detto tu, non io.» Dopo un attimo di pausa, Matt aggiunse: «Forse abbiamo vissuto in modo troppo intenso e troppo turbolento in gioventù. Ho la sensazione che mamma abbia pregato il buon Dio per la nostra salvezza, e Lui di certo non l'avrebbe delusa. Ci ha salvati donandoci le nostre figlie.»

A Logan piaceva quell'idea. «Quando porterò Sarah a fare visita a Jimmy, è probabile che lei si rifiuterà di ripartire e vorrà diventare la sua assistente. Forse è per questo che continuo a rimandare il viaggio.»

Matt gli diede una pacca sulla schiena. «Devi portarla.»

«Lo so.»

«E Sophie?»

Logan pensò alla sua terza figlia, con i capelli scuri, che a undici anni già leggeva lunghi libri. Scriveva anche molto, per lo più in un diario pieno di storie e riflessioni sugli animali e sui paesaggi del Texas del Nord, dove vivevano. Di tanto in tanto, gliele mostrava, anche se lui non si impicciava mai. Sua figlia aveva un occhio attento e talvolta includeva disegni di uccelli o scoiattoli, una volta persino di un serpente, sebbene per fortuna non si era trattato di un serpente a sonagli bensì di una varietà innocua di gopher.

«Potrei doverla spingerla ad andarsene via» disse Logan, nonostante sapesse che non sarebbe mai stato capace di fare una cosa simile. «È troppo devota ai suoi libri. Temo che la vita le passerà davanti.»

Matt ridacchiò. «Sapevi che ha preso *Frankenstein* e *Moby Dick* dalla biblioteca di papà?»

«Non ne sono sorpreso. Mamma continua a cercare di farle leggere *Piccole donne*, ma lei è sempre attratta dalle letture più oscure.»

«E la piccola Ellie?» chiese Matt.

La figlia minore di Logan aveva da poco compiuto dieci anni ed era il suo vanto. Non li aveva accompagnati alla fiera perché era ammalata, ma sua madre gli aveva assicurato che non era niente che avrebbe richiesto più di qualche giorno di riposo a letto e che se ne sarebbe occupata lei. In verità, Susanna Ryan non aveva un nipote preferito, tuttavia con Eleanor condivideva un legame speciale.

Una volta raggiunto l'hotel, lui e Matt si separarono e Logan non vedeva l'ora di dire a Claire che presto avrebbero avuto un cucciolo.

CAPITOLO TREDICI

Katie

Katie si infilò tutto il biscotto in bocca, con il miele che le colava sulle dita; quindi le leccò fino a ripulirle e poi se le strofinò sulla gonna.

Anna e le altre arrivarono sulla passerella fuori dall'hotel.

«Finalmente» borbottò Katie con la bocca piena. «È una vita che vi aspetto.»

Anna aggrottò la fronte. «Sophie non trovava più la sua biancheria intima. È saltato fuori che era sotto al letto. E tu non dovresti parlare con la bocca piena.»

Katie alzò gli occhi al cielo. A volte Anna era una mamma chioccia, e lei lo trovava sfiancante.

«Beh, andiamo» disse Katie, invitandole a incamminarsi con un cenno della mano, dopo essere scesa sulla strada piena di pedoni, calessi e solitari uomini a cavallo. Quindi partì con passo spedito.

«Cos'è tutta questa fretta?» chiese Anna, mentre cercava di tenere il passo.

«L'ho vista meno di cinque minuti fa.» Katie indicò con un dito davanti a loro. «È andata da quella parte.»

«Chi?»

«La signora anziana.»

«Sei sicura che fosse lei?»

«Piuttosto sicura. Ci hai fornito una buona descrizione.»

Lasciarono la piazza principale e l'edificio a due piani del tribunale per dirigersi lungo Bell Avenue, e affrettarono il passo per evitare un carro che avanzava a fatica. Passarono davanti a un emporio mercantile e Katie si lanciò un'occhiata alle spalle. Già, aveva ragione sulla cugina. Sophie si era infatti fermata per guardare una vetrina dove erano sistemati dei libri.

«Sophie, non abbiamo tempo per questo» disse Katie.

Sua cugina continuava a fissare la vetrina, ovviamente ammaliata dai libri.

«Sophie!» urlò Anna, che era più irritata di Katie nei confronti della sorellina.

Alla fine Sophie si voltò verso di loro, con gli occhi sgranati. «È un libro di Sherlock Holmes. È una collezione di tutti i racconti brevi.»

Questo attirò l'attenzione di Katie. «Davvero?» Tornò indietro, fino alla vetrina.

Insieme, lei e Sophie fissavano la copia di *Le avventure di Sherlock Holmes* di Sir Arthur Conan Doyle.

Sophie amava leggere ed era entrata in possesso di diverse riviste che includevano le storie del signor Doyle, che aveva condiviso con Katie, dato che conosceva la sua attrazione per gli investigatori.

«Trovare tutte le storie insieme in un'unica edizione…» La voce di Katie era bassa e incantata.

«Oh, per l'amor del cielo!» esclamò Anna. «Dite a papà e a zio Matt del libro e sono sicura che uno dei due ve lo comprerà.»

«E se ce ne fosse una sola copia?» chiese Sophie, con la voce venata di paura.

Esasperata, Anna disse: «Quando avremo finito, torneremo a prenderlo. Ho del denaro con me, e ti comprerò quel dannato affare.»

Josie sussultò. «Hai imprecato.»

Anna ignorò l'accusa. «Avanti. Finiremo col perdere la vecchia signora.»

Quell'interazione aveva in effetti spostato l'attenzione dal libro, e Katie notò Sarah che, accanto a lei, faceva un sorrisetto.

Anna raddrizzò le spalle. «Va bene. Mi scuso. Comprerò a tutte una limonata. Che ne dite?»

Ciò sembrò tranquillizzare Josie, che accettò con un'alzata di spalle; Sophie, invece, fece un passo avanti. «E se non avrai abbastanza denaro per il libro?»

«Non sono ricca» rispose Anna. «Non posso fare entrambe le cose.»

«Allora racconterò a papà delle tue parolacce» ribatté Sophie.

Anna serrò le labbra. «Cosa ne dite se compro il libro e una sola limonata, che potremo dividere tra noi?»

Sarah corrugò la fronte. «Bleah. Non la dividerò con voi.»

«Ne ho abbastanza di questo argomento.» Anna girò sui tacchi e si incamminò lungo la strada, con la gonna che frusciava avanti e indietro con un rapido movimento intermittente. Si fermò e si voltò, rivolta a Katie. «Devi venire qui, dato che sai dov'è andata.»

Katie obbedì subito e si mise a scrutare le persone che si trovavano sulla passerella e quelle che attraversavano la strada, oltre a esaminare i vicoli a mano a mano che li oltrepassavano. Quella donna doveva essere da qualche parte. Katie iniziò a guardare attraverso le vetrine dei negozi, della banca e dei ristoranti in cui riusciva a vedere all'interno.

Quando passarono davanti a una caffetteria, le zittì tutte. «È lì dentro» sussurrò.

Anna sbirciò attraverso una finestra. «È proprio *lei*.»

«Smettila di essere così esplicita» disse Katie. «Entriamo. E comportiamoci in modo normale.»

Josie aggrottò la fronte. «Mi sto annoiando. Quando sarà finita questa faccenda?»

Katie ignorò la sorellina. Attraversarono tutte la porta e si sedettero al tavolo più vicino. L'anziana donna era seduta all'altro lato della sala, e fissava il tavolo con in mano una tazza di caffè.

«Posso aiutarvi?» chiese una cameriera, distogliendo l'attenzione di Katie.

Katie lanciò un'occhiata ad Anna, che aveva un'espressione infastidita. Poi però sospirò e disse: «Vorremmo cinque bicchieri di limonata.» Quando la cameriera si allontanò, Anna borbottò: «Dopo questo siete tutte in debito con me.»

«Grazie, Anna» disse Sarah, con un tono oltremodo dolce.

La cameriera ritornò con le bevande e le posò sul tavolo. «È tutto?» domandò.

«Sì» disse Anna. «Grazie.»

«Ho fame» disse Sophie. «Posso avere una fetta di torta?»

«Sono le nove del mattino.»

Sophie sfoggiò la sua espressione più supplichevole, con i capelli scuri che enfatizzavano la sua carnagione pallida e le sopracciglia scure completamente sollevate.

«D'accordo. Lei prende una fetta di torta.»

«Va bene alle mele?» chiese la cameriera. «Oggi non ne abbiamo ancora sfornata una fresca. Però abbiamo quella alle mele avanzata da ieri sera.»

Sophie annuì.

«Sì, grazie» disse Anna.

Tutte riportarono l'attenzione sul tavolo, quindi Katie lanciò un'occhiata furtiva all'anziana signora, che fissava a sua volta un altro tavolo. Quando Katie seguì la direzione del suo sguardo, vide un uomo alzarsi e con lui c'era Aaron, il ragazzino accusato del furto. Anna l'aveva trovato il pomeriggio precedente e l'aveva convinto a incontrare le altre.

Perché mai l'anziana signora lo stava fissando?

Katie sventolò la mano in direzione di Aaron, ma lui si limitò a rispondere con un cipiglio mentre se ne andava insieme all'uomo che lei pensò fosse suo padre.

Anche Anna tentò di dire qualcosa, ma Aaron uscì prima che lei gli potesse parlare.

Katie aggrottò la fronte quando l'anziana donna si alzò e uscì dal locale. Lo stava forse seguendo? D'altra parte, loro avevano seguito lei. Tuttavia, dato che i loro bicchieri di limonata erano ancora mezzi pieni e Sophie stava ancora mangiando la torta, sembrava che le ragazze avessero deciso di comune accordo di lasciar perdere la ricerca dell'identità della donna. Anche se…

Katie chiamò la cameriera con un cenno della mano. «Sapete chi sia quella signora che era seduta laggiù?» Indicò il tavolo che la donna aveva appena liberato.

«Mi ha detto di chiamarla signora McCabe.»

«Grazie.» Interessante. Era imparentata con quell'uomo, il signor McCabe, per il quale i suoi genitori non sembravano nutrire simpatia?

«Quando possiamo dire a papà che prenderemo un cucciolo?» domandò Josie.

«Te l'ho detto» rispose Katie, distratta. «Prenderemo uno dei cuccioli a fine settimana, quando potranno lasciare la loro madre, e poi andremo dalla mamma.» Portò l'attenzione su Josie. «E non da papà.»

«Ma lui ama i cani.»

«Lo so, però lui dirà che un cucciolo dà troppo da fare. Se convinciamo mamma, lei convincerà papà per noi. In questo modo è molto più semplice, fidati di me.»

CAPITOLO QUATTORDICI

Molly

Nel primo pomeriggio, Molly si diresse alle stalle, e sollevò la gonna e la sottogonna una volta entrata per evitare che l'orlo si sporcasse troppo. Non si fermò finché non arrivò alla destinazione prevista.

«Salve, signor Harner.» Sorrise mentre lo salutava, guardandosi attorno con discrezione in cerca del figlio, Aaron.

Senza cappello, l'uomo incontrò il suo sguardo al di sopra un magnifico castrone dal manto color camoscio che era intento a strigliare. «Salve, signora Ryan.» Sebbene la sua voce fosse cordiale, Molly poteva percepire un sentore di tensione provenire da lui.

«È bello rivedervi» disse lei. «Stavo dando un'occhiata ad alcuni degli altri cavalli. C'è un ampio assortimento a disposizione.»

«È vero» le rispose lui, mentre proseguiva il lavoro.

«Avevamo un accordo per vendere la muta che abbiamo portato, ma è saltato all'ultimo minuto.»

«Mi dispiace.»

«Beh, siamo riusciti a trovare dei compratori per alcuni esemplari, perciò non è andato tutto perduto.» Esaminò il manto dell'animale. «È un bel cavallo. Si dice che questi presero origine dagli spagnoli, che erano decisi ad allevare cavalli del colore dell'oro durante il Medioevo. In seguito li portarono nelle Americhe.»

«Lui è decisamente il mio vanto: forte e stabile e dal passo sicuro.»

«Come si chiama?»

«Scricciolo. È stata mia figlia a sceglierlo.»

Molly nascose la propria sorpresa. Da bambina, aveva dato il nome "Lo scricciolo" alla sua fionda.

«Sembra uno strano nome per un ragazzone tanto imponente» disse.

Lui scrollò le spalle.

«Avete due figli?» gli chiese lei.

«Sì.» Poi, con una punta di ironia aggiunse: «Sono abbastanza.»

Molly fece una lieve risata. «Possono essere impegnativi. Come si chiama vostra figlia?»

«Winnie. Ha dieci anni.»

Molly appoggiò una mano sul cancelletto. «Ero alla mostra nel fienile e mi sono imbattuta in un tavolo con una collezione di fionde. La donna che se ne occupava mi ha detto che gliele avete portate voi.»

Le sopracciglia dell'uomo si unirono e lui fece un frettoloso cenno di assenso con il capo.

«Erano di ottima fattura. Le avete fatte voi?»

«No, signora.»

«Vostra moglie, allora?»

Lui annuì di nuovo.

Molly soppresse un impeto di frustrazione. Non le piaceva ficcare il naso, tuttavia Bill Harner non era poi molto collaborativo. Com'era ovvio, lei avrebbe dovuto fare un passo indietro e lasciare perdere; ciò nonostante, per una qualche ragione sentiva che quella questione era importante. Per lei. Era una motivazione egoistica e non era orgogliosa di approfondirla.

Nel tentativo di sistemare le cose, disse: «Mi piacerebbe invitare vostra moglie per un tè. Sono qui con mia sorella e le mie due cognate. Saremmo felici se si unisse a noi.»

«Vi ringrazio. È molto gentile. Però al momento non si sente bene, perciò temo che dovrò declinare a nome suo.»

«Ma certo. Se non vi dispiace che ve lo chieda, perché costruisce fionde?»

«Non ne sono sicuro. Però sembra che le piaccia farlo.»

Molly esitò, poi decise che tutto quel tentennare non la stava portando da nessuna parte. A ogni modo, non era mai stata brava nelle conversazioni informali. «C'era un segno inciso nel legno. Era un simbolo comanche. Sarò schietta e ve lo chiederò in modo diretto: vostra moglie è comanche?»

Bill posò la striglia, e un'espressione provata gli attraversò il volto. «Ecco, vedete, alla maggior parte della gente non...» Sospirò. «A loro non piace proprio...» Scosse la testa, con la voce che si affievoliva.

«Capisco» disse piano Molly. Purtroppo, lo capiva davvero. Erano ancora molti coloro che ricordavano le razzie e i conflitti con le tribù in quella zona. E la maggior parte della gente di certo non approvava quel genere di unioni "miste". A dire la verità, probabilmente il matrimonio di Bill non era legale nella maggior parte dei luoghi.

Bill rimase dall'altro lato di Scricciolo, che voltò la testa per guardare Molly. Lei allungò la mano e gli accarezzò il muso.

«Ho constatato che è meglio non sbandierarlo» ammise Bill. «Perciò Abbie e io non usciamo molto in pubblico.»

«E cosa mi dite di Aaron? Gli avete concesso parecchia libertà durante la vostra permanenza.»

Lui si strinse nelle spalle. «Cosa dovrei fare? Brama l'avventura.»

«Un tipico maschio. Anche io ho un figlio.»

«Dunque sapete che sono curiosi e non inclini a restare segregati in una camera d'hotel. Aaron si imbatte nei pregiudizi, ma ha imparato a voltarsi dall'altra parte. Capisce che è il prezzo da pagare per trascorrere del tempo con me.»

«Beh, sarei lieta di incontrare Abbie, se si riuscisse a combinarlo.»

Per la prima volta, lo sguardo di Bill rifletteva gratitudine. «Ne parlerò con lei e vi farò sapere.»

Molly gli augurò buon pomeriggio e andò in cerca di Matt.

CAPITOLO QUINDICI

Molly

Molly si strinse lo scialle attorno alle spalle mentre lei e Matt percorrevano a piedi la breve distanza verso il ristorante. Qualche ora prima c'era stato un temporale e, sebbene la pioggia e le nuvole fossero scomparse, l'aria era rimasta ancora fredda.

Dopo una lunga giornata, le ragazze stavano cenando nella loro camera, insieme a Logan e Claire a tenerle d'occhio; Nathan ed Emma, invece, si erano uniti a Cale e Tess per una cena a tarda ora.

Matt teneva una mano sulla parte bassa della schiena di Molly mentre passeggiavano, e il desiderio di saltare quell'incontro con McCabe riaffiorò di nuovo in superficie. Lei non desiderava altro che una cena tranquilla con il marito. Forse, però, l'impegno di quella sera non sarebbe durato troppo a lungo, e lei e Matt avrebbero potuto sorseggiare un bicchiere di sherry in hotel, prima di andare a dormire.

Matt le tenne la porta aperta mentre lei entrava nel

locale, uno in cui non erano ancora stati. Era un po' più elegante rispetto a quelli a cui erano abituati; d'altro canto, di solito preferivano qualcosa di più informale, dato che con loro c'erano le ragazze. Molly indossava un vestito blu scuro e Matt si era messo un panciotto e una giacca, il che lo rendeva in particolar modo affascinante quella sera. Era l'unico lato positivo.

Con una rapida scorsa all'ambiente, trovarono McCabe, in un abito a tre pezzi, seduto a un tavolo d'angolo con una donna anziana.

Quando si avvicinarono, l'uomo si alzò in piedi. «Sono lieto che vi siate potuti entrambi unire a noi» disse. «Lei è mia madre, Myrna.»

La donna rimase al proprio posto, una massa di capelli bianchi fissati in cima alla testa in modo disordinato e con indosso un vestito a collo alto in taffetà di seta bordeaux. Sollevò gli occhi verso di loro e Molly percepì l'intelligenza che si celava al loro interno, ma la donna non parlò.

Molly sorrise. «È un piacere conoscervi.»

«Signora» disse Matt, poi strinse la mano a McCabe, anche se Molly sapeva che nutriva ben poco entusiasmo nel farlo.

Matt spinse indietro una sedia e Molly si accomodò. Una volta sistematosi accanto a lei, incontrò per un attimo il suo sguardo. Avevano la stessa opinione: quella sarebbe stata una lunga cena.

Infatti si dimostrò imbarazzante e all'insegna di educati convenevoli di circostanza. Quando venne servito il dessert e tutti avevano una tazza di caffè in mano, la signora McCabe appariva stanca. La povera donna non aveva pronunciato una sola parola per tutta la serata.

«Forse dovremmo chiuderla qui» disse Matt a bassa voce.

Molly concordò senza parlare, con la stanchezza che si insinuava dentro di lei. Non era stata una serata del tutto sgradevole, tuttavia la considerava sprecata. Le venivano in mente molte altre persone con cui avrebbe preferito cenare piuttosto che con Holden McCabe. Con quell'uomo non avevano parlato che di argomenti insignificanti; lui non aveva mai mostrato di nutrire interesse nell'acquisto dei loro cavalli, il che andava bene, dal momento che lei non glieli avrebbe comunque venduti, e Myrna era stata apatica in modo imbarazzante. Molly era sul punto di dire all'uomo di smetterla di sottoporre sua madre a indesiderati incontri sociali. Quella povera donna aveva bisogno di restarsene a letto con una rilassante tazza di tè.

McCabe sospirò e si guardò attorno, anche se la maggior parte degli avventori era già andata via. Erano rimasti soli, se non per l'occasionale visita da parte della cameriera.

«C'è un motivo per cui vi ho chiesto di venire qui.» Lanciò uno sguardo in direzione della madre. «E avevo sperato che lei avrebbe interagito di più.» I suoi occhi si fermarono su Molly. «Avevo sperato che vi avrebbe presa in simpatia, che magari avreste potuto parlare di un passato condiviso.»

«Non sono certa di capire cosa intendiate» disse Molly.

«Quando avevo solo quattro anni, mia madre venne rapita dai Comanche.»

Scioccata, Molly spostò l'attenzione sulla donna. «Mi dispiace molto, signora McCabe.»

Gli occhi di Myrna incontrarono quelli di Molly, uno spirito indomito che si era riacceso, che si agitava in un vortice di feroce desiderio. Incantata, Molly non riusciva a distogliere lo sguardo, perché anche lei conosceva bene quel misto di dolore e indignazione. Per tutti quegli anni dentro di lei avevano vissuto quelle stesse emozioni. Emozioni che aveva pensato di aver messo a tacere molto tempo prima. Emozioni con cui non voleva fare i conti in quel momento.

«È mancata per più di due anni» proseguì McCabe.

«Quando infine mio padre la riportò a casa, eravamo tutti felicissimi, eppure in lei c'era una nostalgia che non sembrò mai più andare via.»

«È per questo che volevate che parlasse con me? Vorreste che la aiutassi in qualche modo?» Molly era consapevole che stavano parlando di Myrna come se lei non fosse seduta lì con loro, come se fosse incapace di conversare della propria esperienza.

Tornò a guardare la donna; voleva parlare direttamente a lei anziché farlo attraverso il figlio, ma l'anziana signora restò in silenzio.

«Suppongo di sì» proseguì Holden «però si tratta di ben più di questo.» Appoggiò gli avambracci sul tavolo e abbassò la voce. «Molti anni più tardi, ci svelò un segreto. Durante la sua permanenza, diede alla luce una bambina. E, quando venne salvata, fu costretta a lasciarsi alle spalle quell'essere.»

Quell'essere? Il modo disinvolto con il quale McCabe si riferì alla bambina provocò a Molly un attacco d'ira che la attraversò come una lama, e lei cercò di calmare il respiro quando la mano di Matt afferrò la sua sotto al tavolo e la strinse. Invece, si concentrò su Myrna. Molly era consapevole del fatto che in tutti quegli anni lei era stata benedetta dalla forte presenza di Matt nella propria vita, mentre era probabile che la povera Myrna non avesse avuto niente di tutto ciò.

«Cosa posso fare?» La voce di Molly era appena più alta di un sussurro, la furia era stata ben presto placata dalla compassione. Indirizzò la domanda alla donna e non all'uomo, il cui aiuto nella faccenda sembrava sempre più discutibile.

Lo sguardo di Myrna si era abbassato e il cuore di Molly soffriva per lei. Quello che Myrna aveva passato avrebbe distrutto qualsiasi donna. Era impensabile per una madre venire separata da un figlio, e Molly poteva ben immaginare che la cosa portasse a una pazzia straziante.

«Era con i Quahadi, come voi.»

Molly aggrottò la fronte. «Non mi ricordo di lei.»

«Quando siete stata rapita?»

«Era il 1867» disse Matt. Ricordava quella data meglio di lei, dato che lo aveva oppresso per dieci anni, quando aveva creduto che fosse morta, prima che lei riuscisse a tornare in Texas all'età di diciannove anni.

«Il rapimento di mia madre è avvenuto nel 1861. Ce la riportarono nel '63.»

Molly intrecciò le dita con quelle di Matt, per ottenere conforto da lui. Era stata davvero benedetta. «Beh, ciò spiegherebbe perché non ho memoria di lei.»

«Però si lasciò dietro la figlia.»

E in quel momento le motivazioni di McCabe divennero chiare. «Credete che io conoscessi sua figlia?»

Lui annuì e gli occhi di Myrna si illuminarono.

Molly cercò tra i ricordi e disse a Myrna: «Non credo che ci fosse un'altra bambina bianca nella tribù.»

I lineamenti di McCabe si inasprirono e lui deglutì a fatica. «La bambina non era bianca.» Sembrava a malapena in grado di far uscire le parole.

«Capisco» rispose Molly. Myrna aveva avuto rapporti con un maschio comanche, volontariamente o forse contro la propria volontà. Doveva di certo essere stato difficile spiegarlo al marito, una volta ritornata a casa.

«Sapreste chi potrebbe essere sua figlia, ora?» insistette McCabe.

Molly non riusciva a decidere se le sue intenzioni fossero nobili o meno. Stava cercando di riunire madre e figlia? Di rimediare a un torto di molti anni prima? Sembrava stranamente insolito per lui.

Lei tornò a rivolgersi a Myrna e disse: «Non lo so, però lasciate che ci pensi su ancora un po'.»

Gli occhi di Myrna si riempirono di lacrime e allungò la mano sul tavolo; Molly gliela prese, mentre l'altra era ancora avviluppata nella forte stretta di Matt. Lui era sempre stato la sua àncora di salvezza. Il suo migliore amico. Il suo vero amore.

«È bello incontrare qualcuno del Popolo» disse Myrna con un bisbiglio impetuoso. «Se conoscevate mia figlia…» La voce le si incrinò, la palese disperazione era straziante. «Mi scuso per non essere stata più socievole. Non ero sicura se foste degna di fiducia.»

«Capisco.» Molly le offrì un sorriso compassionevole. «Se dovessi ricordarmi qualcosa, ve lo farò sapere.»

Poco dopo, lei e Matt lasciarono il ristorante. Mentre camminavano, Matt l'attirò stretta a sé. «Pensi sia vero?» le chiese.

Molly scrollò le spalle. «Se non lo fosse, allora vorrebbe dire che entrambi stavano mentendo.»

«Tale figlio, tale madre.»

Lei sollevò lo sguardo verso il marito, con la fronte aggrottata. «È piuttosto cinico da parte tua.»

«È solo che non mi piace che facciano leva sulla tua compassione. Come potresti mai sapere se sua figlia era nella tribù? Anche se ci fosse stata, tu eri una bambina e difficilmente potevi essere al corrente di certe conversazioni.»

«È vero. Però persino tu devi ammettere che è una strana coincidenza, considerando i miei recenti sogni.»

«Il sussurro del destino.»

Lei fece un ampio sorriso. «Allora ascolti quando io ed Emma parliamo.»

Lui si chinò e le baciò la guancia. «Non posso negare che ci siano cose inspiegabili là fuori. Io ti ho ritrovata, no?»

Quando la sua mano scivolò più in basso e le strizzò una

natica, nonostante i pesanti strati della gonna di lana e della biancheria intima, lei fece una risatina, poi riguadagnò in fretta la compostezza mentre passavano davanti a diverse persone.

«Comportati bene» gli disse Molly.

«Se proprio devo.»

«Perlomeno finché non saremo tornati nella nostra camera.»

«Questa mi sembra una promessa, signora Ryan.»

Lei allentò lo scialle e gli passò un braccio sulla schiena. «Oh, sì.»

CAPITOLO SEDICI

Anna

Anna si svegliò presto e si vestì senza fare rumore, cercando di non disturbare le sorelle o le cugine. Sarah russava lievemente nel letto matrimoniale che condividevano, e Sophie teneva ancora stretto il suo libro su Sherlock Holmes che aveva convinto il padre a comprarle, e che aveva letto fino a tarda notte finché finalmente si era addormentata. Aveva trascinato il giaciglio sul pavimento vicino alla finestra, perché Anna aveva insistito nello spegnere la lampada a un'ora ragionevole, ma Sophie aveva voluto continuare a leggere e l'aveva quindi fatto alla luce della luna. Per fortuna, c'era stata la luna piena.

Katie e Josie dormivano profondamente nel letto più piccolo che condividevano. Anna scivolò fuori dalla camera e scese le scale. Aprì con cautela la porta dell'hotel, cercando di non far suonare troppo forte la campanella e attirare così l'attenzione dell'addetto alla reception. Una volta all'esterno, trasse un sospiro.

Era presto e c'erano poche persone in giro. Due carri

serpeggiavano lungo la strada, per trasportare forniture ovunque fossero diretti. Quando Anna si voltò in direzione delle stalle, andò a sbattere dritta contro un uomo. Fece un passo indietro, sorpresa. E lo fu ancor di più quando si rese conto che si trattava di Malcolm Hardy.

«Sembra che abbiamo un problema nell'imbatterci l'una nell'altro.» Le sue mani restarono sulle spalle di lei per raddrizzarla. «Però hai ricevuto il mio biglietto?»

Lei annuì, all'improvviso incapace di trovare la voce. Lui non l'aveva lasciata andare, e Anna cercava di ignorare il brivido di consapevolezza che li avvolgeva, lo stomaco che si contorceva con un fremito fastidioso, seppure non del tutto spiacevole, che le provocò un lieve senso di vertigine. Era questo che accadeva quando a una ragazza piaceva un ragazzo? Non fosse per il fatto che Malcom non era un ragazzo, e lei era ancora troppo giovane per essere una donna. La delusione la travolse. La sua attrazione verso Malcolm Hardy non poteva andare da nessuna parte.

«Allora lascia che ti accompagni alle stalle» le disse lui. Il cappello gli riparava gli occhi, ma i capelli scuri erano visibili. Le fece un rapido sorriso e il cuore di Anna mancò letteralmente un battito.

Dopo essersi ripresa dallo sconforto causato dal fatto che Malcolm non la vedesse come una donna, gli chiese: «Di cosa si tratta?» Il biglietto, che per fortuna le sue sorelle non avevano visto quando le era stato consegnato alla reception la sera prima, richiedeva che lei lo incontrasse quella mattina ai confini della città.

«Preferirei mostrartelo. Allora, com'è andata a finire con quel ragazzino che cercavi? Come si chiamava?»

«Aaron Harner» rispose, lieta che la voce suonasse ferma e non toccata dalla sua presenza, dal momento che dentro di sé non si sentiva affatto così.

«E stai cercando di aiutarlo?»

Anna annuì. «Io e le altre ragazze abbiamo trovato l'anziana donna che ha piazzato le prove per incriminarlo, e ieri l'abbiamo seguita. Con nostra sorpresa, stava pedinando Aaron. O almeno, è quello che pensiamo. Era seduta in una caffetteria e spiava lui e il padre.»

«Sembra una cosa strana.»

«Sì.»

Lasciarono la passerella e attraversarono la strada, diretti all'area aperta che ospitava i recinti. Dai suoni che giungevano fino a loro, gli animali erano già svegli.

Lui la condusse a un box che ospitava una vecchia giumenta dall'aspetto trasandato. Il manto nero, arruffato e crespo, era striato di grigio.

Anna aggrottò la fronte. «È tua?»

«No. Appartiene a McCabe.»

Giusto. Malcolm aveva lavorato per McCabe. E, a quanto sembrava, la donna che avevano seguito era la signora McCabe. Di certo dovevano essere imparentati.

«È possibile che il signor McCabe viaggiasse con un'anziana signora con capelli di un bianco innaturale?» gli chiese.

Malcolm annuì. «È sua madre.»

Ed è una ladra. Anna, tuttavia, non lo disse ad alta voce. Non conosceva poi così bene Malcolm e forse a lui non sarebbe piaciuto sentirlo.

Invece, riportò l'attenzione sulla cavalla, percependone la reticenza, il manto che sussultava di tremori mentre la osservavano. Poiché non voleva spaventare ancora di più il povero animale, Anna abbassò la voce e disse: «Cos'ha che non va?»

«Ha subìto un qualche tipo di trauma. Mi sono occupato di lei, prima al ranch di McCabe e poi qui. Non volevo portarla alla fiera, però McCabe ha insistito, dato che a quanto pare la giumenta è la preferita di sua madre, e la signora McCabe ci avrebbe accompagnato. Sua madre non sta bene, perciò suppongo che questa cavalla sia l'unica che riesce a cavalcare. Non ne sono più tanto certo, dal momento che la storia cambia con una certa frequenza. Non biasimo la donna perché vuole avere vicino il suo animale preferito, però la verità è che neanche la cavalla sta bene.»

«È malata?»

«Non nel senso normale del termine. È più… malata nel cuore. A essere onesto, non ne sono sicuro. Però ho sempre cercato di tenerla d'occhio. Sono stato molto attento con lei, e con il tempo è arrivata a tollerarmi, forse le piaccio persino un po'.» Si strinse nelle spalle. «Però, adesso che McCabe mi ha licenziato, sono preoccupato.»

«Pensi che le farà del male?»

«No. McCabe può essere un deficiente.» La guardò. «Scusa. Può essere un idiota.» Si schiarì la gola. «Perdonami. Nonostante il… carattere sgradevole dell'uomo, non credo che le farà del male. Però allo stesso tempo non penso che si prenderà la briga di aiutarla.»

Anna unì le sopracciglia. «Non sono sicura di capire cosa questo abbia a che fare con me. Vuoi che la rubi?» Il che sarebbe stato ironico.

Malcolm rise. «No, non è per questo che ti ho contattata. Girano delle voci su tua zia Emma…»

Ah, ora Anna capiva. Si mise a mordicchiarsi il labbro inferiore mentre osservava la cavalla, riflettendo su come affrontare quell'argomento. Le capacità soprannaturali della zia Emma non erano una questione di cui si parlava in situazioni informali. E, nonostante la bellezza di Malcolm e l'effetto generale che lui aveva su Anna, lei non avrebbe mai commesso lo sbaglio di pensare che fossero amici. O qualcosa di più.

In circostanze normali, lei si sarebbe voltata e se ne

sarebbe andata. Tuttavia, quella non era una circostanza normale, anche se la sua mente le diceva che lo era.

«Forse dovresti parlarci tu con mia zia Emma.» Continuava a non guardarlo.

«Sì, potrei. Però… ecco, non è un grande segreto che la mia famiglia non è molto amata e, a essere onesti, c'è del vero. Io me ne sono andato di casa più di quattro anni fa per distaccarmi da tutto. Però so che i tuoi zii probabilmente mi vedono ancora come parte di quel problema, perciò non mi sembra opportuno che io affronti tua zia. E non te lo chiederei, ma questa cavalla per me è importante. Pensavo che magari Emma Blackmore la potrebbe aiutare. Sai, nel cuore e nella mente.» Malcolm fece una risata imbarazzata. «Non posso parlare in questo modo con nessuno degli altri mandriani che conosco, e di certo non con la mia famiglia. Mi caccerebbero a calci nel didietro e mi direbbero che sono *loco* a parlare in questo modo di un cavallo. Pensavo che magari lo potresti fare tu, e lasciare fuori il mio nome. Volevo solo…» Gli si spezzò la voce e si mise a fissare la giumenta. «Ho davvero un debole per lei. Non voglio che soffra. Ho paura che se la signora McCabe dovesse venire a mancare, abbatterebbero anche la cavalla. Nessun altro riesce davvero a lavorare con lei.»

Anna guardò il profilo di Malcolm e il suo cuore si contrasse davanti al reale dolore che percepiva in lui.

«Parlerò a mia zia» gli disse. «Come si chiama la cavalla?»

«Songbird. Uccello canoro.»

CAPITOLO DICIASSETTE

Tess

«È il migliore unguento che potreste trovare, signora Walker.»

Tess sorrise al gentiluomo in fiera, il quale cercava con tenacia di venderle un vasetto di linimento che aveva attirato la sua attenzione. La vecchia ferita alla gamba la infastidiva solo di tanto in tanto, grazie a esercizi regolari e al tocco esperto di Cale nel massaggiarle i muscoli quando si contraevano; ciò nonostante, c'erano ancora dei momenti di malessere. Un proiettile le aveva frantumato l'osso, poi una successiva caduta da cavallo le aveva spezzato quella stessa gamba, dunque non era una sorpresa che a volte facesse i capricci. Tuttavia, era in debito nei confronti di un bisbetico di nome Vern Blight che aveva vissuto nelle Dragoon Mountains nel Territorio dell'Arizona. Lui le aveva sistemato la gamba in seguito alla rottura, e finalmente aveva risolto quella dolorosa "deformità" con cui aveva convissuto per anni. Le era dispiaciuto quando aveva saputo che Blight era venuto a mancare qualche anno fa.

«Facciamo così» disse l'uomo. «Vi farò uno sconto del venti percento.»

Sarebbe stato bello avere una scorta segreta per il dolore intermittente, e magari anche per prevenire episodi futuri, e la promessa che l'unguento avrebbe "stimolato la circolazione e avrebbe fatto sentire le articolazioni come se fossero nuove" di certo giocava a suo favore.

«Mi avete convinta» gli disse. «Ne prendo uno.»

Completata la transazione, lei infilò l'acquisto, avvolto in carta da pacchi, nella borsetta. Quindi riprese a osservare i tavoli e le merci esposte, nella speranza di trovare un regalo per Cale. Aveva già fatto acquisti per le sue ragazze: per Dolores, a cui era stato dato il nome dell'amata nonna di Tess, aveva comprato uno scialle con un intricato ricamo, dal momento che ora che aveva quattordici anni aveva iniziato a indossare vestiti più eleganti quando l'occasione li richiedeva. Per la dodicenne Loretta, che aveva preso il nome della defunta madre di Cale, aveva acquistato una lattina di sapone da sella, dato che la ragazzina amava i cavalli quasi quanto la figlia di Matt e Molly, Josie. Per Isabelle, che portava il nome della madre messicana di Tess, nonostante le difficoltà che lei aveva avuto con quella donna rancorosa, aveva comprato una coperta lavorata a mano, ma Cale aveva trovato le fionde di cui Molly aveva parlato e ne aveva comprata una per Izzy. Tess non ne era entusiasta, tuttavia Cale aveva detto molte volte quanto Izzy gli ricordasse una giovane Molly; era una battaglia a cui Tess aveva rinunciato, e aveva quindi deciso di tenere per sé la coperta. E, infine, aveva comprato a Doreen una scultura in legno raffigurante un orso. A sette anni, la figlia minore aveva già un'impressionante collezione di animali intagliati, per lo più regalati da Cale e Nathan, però Dory non aveva ancora quella di un orso.

Alla fine Tess decise di prendere a Cale una fibbia per la

cintura, completò l'acquisto, e si diresse poi alla caffetteria, per incontrare Molly, Claire ed Emma per il pranzo.

Era un po' in anticipo, quindi si accomodò a un tavolo e ordinò una tazza di tè mentre aspettava che arrivassero le altre. Quando aveva sposato Cale Walker, quindici anni prima, aveva ereditato una famiglia che era a dir poco un dono del cielo. Quando aveva perso la sua *mamá* e la sua *abuela* in un incendio quando lei era una ragazza sul punto di diventare donna, il suo mondo era crollato. Il tempo trascorso con suo padre l'aveva lasciata in compagnia di uomini discutibili. Suo padre, Hank Carlisle, era stato un cacciatore di taglie, e anche piuttosto spietato. Nel trascorrere del tempo nel mondo di Hank, Tess era stata vittima di un'aggressione da parte di uno dei suoi uomini. Per fortuna, il ricordo era così lontano nel tempo che ormai quella sofferenza non era che un tenue dolore. Con il passare degli anni, aveva scoperto che la migliore medicina era quella di scacciare quell'episodio dalla mente ogni qualvolta il trauma tentasse di farla soffrire di nuovo.

Tuttavia, più avanti, il destino era sembrato essere dalla sua parte quando si era trovata in compagnia di Cale, mentre lei era alla ricerca del padre da cui si era allontanata. Un tempo, Cale aveva prestato servizio nell'esercito che aveva combattuto contro gli Apache ed era anche un ex cacciatore di taglie che aveva lavorato con il padre di lei.

Suo marito era un dono che lei non aveva mai osato sognare, sperare, credere di meritare. Eppure, ogni giorno lui le dimostrava che aveva torto. E insieme alle loro ragazze – un'immensa gioia per lei – era stata benedetta dall'amicizia delle tre donne che in quel momento stava aspettando. Molly, la sorellastra di Cale, aveva insegnato a Tess come tornare ad abbracciare la vita, dato che il passato di Molly era stato orrendo quanto il suo. Malgrado ciò, la perseveranza della donna, la sua tenacia e la sua forza avevano insegnato molto a Tess su come andare avanti e rendere il futuro migliore del passato. L'unica amicizia femminile di Tess prima di incontrare Cale era stata quella con Mary Simms, la sorella maggiore di Molly, perciò, in un certo senso, per Tess lei era già come un membro della famiglia ancora prima che si incontrassero.

Emma era la sorella minore di Molly e aveva il dono della preveggenza. In qualche modo, lei ed Emma si completavano a vicenda, dato che Tess aveva ereditato la capacità di narrare storie dalla sua *abuela*, un compito che lei continuava a onorare. C'erano volte in cui Emma chiedeva a Tess di essere presente quando lavorava con qualcuno in merito a questioni del "mondo oltre questo mondo", quando cercavano quel pezzo di loro che poteva essere scomparso, o quando cercavano di fare pace con un defunto a loro caro. Tess aiutava portando le storie, scegliendo quelle che potevano offrire un significato più profondo all'esperienza di quella persona, che potevano offrire guarigione. O, a volte, si limitava a sedersi insieme a loro e ad ascoltare la loro storia, offrendo conforto e dando credito al loro dolore o al trauma o alla sofferenza.

Con Claire, Tess condivideva un'esperienza comune: entrambe avevano subìto un'aggressione di una violenza e cattiveria tali che di rado ne parlavano; tra loro c'era una comprensione che pochi potevano immaginare. E in quella connessione silenziosa, un filo di conforto, quasi di sollievo, era tornato a scorrere dentro Tess.

«Tua madre non ha la testa a posto da parecchio tempo» disse un uomo seduto a un tavolo vicino a lei.

«Lo so» rispose un altro, la voce più bassa e più misurata. «Però penso di aver trovato un modo per riportarla in vita, anche se per poco. Mi serve solo che si concentri abbastanza da permettermi di tirarle fuori le informazioni.»

«Come hai intenzione di farlo?»

«Con l'aiuto di Molly Ryan» disse, per poi fare una risatina sommessa.

Quella frase catturò l'attenzione di Tess.

«La sgualdrina comanche.» La derisione nella voce del primo uomo era inequivocabile.

Un'ondata di sdegno attraversò Tess. Quei due uomini erano fuori dal suo campo visivo, a meno che non si voltasse, e lei ebbe abbastanza accortezza da rimanere dove si trovava, concentrata sulla sua tazza di tè, da cui sorseggiava con una fermezza che non provava affatto. Inclinò la testa per sentirli meglio.

«Su, su» disse l'uomo più controllato. «Non essere indelicato, John. Dovremmo andare. Devo incontrare Bradshaw.»

«Sta' attento con lui.»

«Lo so. Sono in grado di gestirlo.»

Dei movimenti alle sue spalle le indicarono che gli uomini si erano alzati. Tess si mise a mescolare lo zucchero nel tè con grande concentrazione quando i due la oltrepassarono. Alzò gli occhi con fare casuale e, sebbene non riconoscesse l'uomo chiamato John, era piuttosto certa che l'altro fosse Holden McCabe.

Qualche minuto dopo che i due uomini furono usciti, arrivarono Molly, Emma e Claire.

«Tess, scusaci tanto per il ritardo» disse Molly mentre si sedevano, e la cameriera portò un'altra teiera.

Claire guardò il menu. «Ho incontrato Sally Rutherford e mi ha detto che non posso non prendere la zuppa di piselli.»

Emma arricciò il naso. «Penso che preferirei mangiare maiale e fagioli.»

Claire rise. «Anche Logan.»

Alla fine, tutte ordinarono delle ciotole di chili con carne, e poi Tess condivise con loro la conversazione che aveva ascoltato. Tuttavia, lasciò fuori il commento umiliante contro Molly.

Molly si mise a giocherellare con il tovagliolo. «Beh, non posso dire di essere sorpresa. Quando io e Matt abbiamo cenato con McCabe e sua madre, ieri sera, è sembrato… strano che lui volesse aiutarla, per quanto suoni scortese. Basandomi su quello che hai sentito, Tess, sembrerebbe che io avessi ragione. McCabe ha dei secondi fini.»

Claire allungò la mano verso la teiera e si riempì la tazza. «Cos'è successo durante la cena?»

Molly riferì i dettagli dell'incontro, incluso il racconto del rapimento di Myrna McCabe da parte dei Comanche e la storia scioccante della bambina che la donna era stata costretta a lasciarsi alle spalle quando era stata salvata.

Emma e Claire si erano avvicinate per sentire meglio e, a giudicare dallo shock sui loro volti, quella era la prima volta che Molly lo raccontava a una di loro. Erano tutte sconvolte quanto lo era Tess.

«È incredibile» disse Tess. «Pensi che sia vero? Pensi che Myrna abbia sul serio abbandonato una figlia quando l'hanno salvata?»

Molly fece una pausa, poi disse: «Sì. Quando si è resa conto che ero stata con i Quahadi, mi ha guardata con una grande intensità. Sono certa che non stesse fingendo. Quella donna sta soffrendo, ed è probabile che l'abbia fatto per anni, e in me ha visto una connessione a un passato che chiaramente la perseguita.»

«Cos'hai intenzione di fare?» le chiese piano Claire.

Molly sospirò. «Non ne sono sicura. Non ho idea di come potrei trovare qualcuno di quell'epoca. E non mi ricordo di qualcuno che potrebbe essere stata sua figlia. Non ho mai sentito la storia di una donna bianca nella tribù, perlomeno mentre mi trovavo là.»

Emma si versò un goccio di panna nel tè. «Forse questo ha qualcosa a che fare con i tuoi sogni.»

«La trama si infittisce. Quali sogni?» Gli occhi di Claire brillavano divertiti. Quando Emma veniva coinvolta in una qualsiasi discussione, era probabile che includesse un cenno a mezzi più magici.

Molly descrisse le settimane in cui aveva avuto quell'incubo ricorrente che includeva la famiglia comanche con cui aveva vissuto da piccola.

L'umore attorno al tavolo si fece più cupo.

«Ho avuto qualche visione» disse Emma «ma riguardavano per lo più Molly. C'è ancora sofferenza e amore dentro di te. Nei loro confronti.»

Molly si fece silenziosa e Tess allungò la mano per stringere la sua. «Non c'è niente di cui vergognarsi.»

Lei ricambiò il sentimento con un sorriso di gratitudine, poi disse a Emma: «Riusciresti a trovare la figlia comanche di Myrna?»

«Dovrei incontrare la donna, però sono passati molti anni da quando è stata insieme alla bambina, quindi il filo potrebbe essere sottile. Potrei provare, ma non ci sono garanzie.»

In quel momento, arrivò Anna con fare determinato.

«Va tutto bene?» le domandò Claire, quando la ragazzina afferrò una sedia da un tavolo vicino e si avvicinò alla madre.

«Sì, però devo dirvi qualcosa.» Anna esaminò il tavolo e notò la teiera e le tazze. «Prendete tutte qualcosa da mangiare?»

A Tess non sfuggì il desiderio negli occhi della ragazza.

«Sì» disse Claire. «Abbiamo già ordinato. Puoi prenderne un po' del mio.»

Anna trasse un sospiro di sollievo. «Oh, bene. Sto morendo di fame.»

«Cosa volevi dirci, Anna?» la incitò Emma.

«Beh, a quanto pare l'anziana signora che ha rubato la borsetta era la signora McCabe.»

Il viso di Claire si contorse per la preoccupazione. «Come lo sai?»

«Abbiamo tenuto gli occhi aperti per scovarla, ovvio.» Anna diede un colpetto alla spalla della madre con la propria. «Potrei avere un po' del tuo tè, ma'?»

Claire spinse il piattino con la tazza verso la figlia. Lei ne prese un grande sorso e poi fece una smorfia. «Perché ci metti tutto questo zucchero?» le chiese.

Tess rise, condividendo la frustrazione di Claire. Le figlie non si vergognavano mai a fare critiche in presenza delle madri.

Claire lanciò un'occhiata fredda alla figlia. «Allora va' a prenderti da bere.»

«Anna, ti prego, torna alla storia» disse Molly.

«Ah, già. Beh, io e le ragazze l'abbiamo cercata e poi l'abbiamo trovata e abbiamo scoperto che era Myrna McCabe. Volevamo che tutte voi andaste dallo sceriffo a dirgli che è una ladra, per aiutare quel ragazzo, Aaron.»

Claire aggrottò la fronte. «Ma adesso non lo volete più?»

Anna buttò giù dell'altro tè e scosse piano la testa. «No, non ancora. Vedete, c'è un uomo… una persona che lavora per McCabe, e mi ha raccontato di una cavalla che appartiene alla signora McCabe. E lui è preoccupato per questa cavalla. Beh, ecco, non lavora più per McCabe perché l'hanno licenziato e…»

«Di cosa mai stai parlando?» chiese Claire.

Anna fece una pausa e guardò attorno al tavolo di sole donne. «Penso che ci sia qualcosa di importante che riguarda questa cavalla. Volete venire a vederla?»

Molly scosse lievemente la testa. «Non sono sicura che dovremmo andarcene in giro sulla proprietà di McCabe.»

«Credo che dovremmo dare ascolto ad Anna» disse Emma.

Tess incrociò lo sguardo di Emma e capì che aveva ricevuto delle informazioni su ciò che stava accadendo.

«Malcolm è preoccupato per questa cavalla» disse Anna. «E dato che è collegata alla signora McCabe, ho pensato che avreste voluto saperlo.»

«Chi è questo Malcolm?» domandò Claire.

L'espressione sorpresa di Anna rivelò chiaramente che lei aveva avuto intenzione di mantenere segreta l'identità della persona che le aveva raccontato dell'animale. Si fermò e si schiarì la gola, poi però cedette e rivelò la verità. «Malcolm Hardy.» Il silenzio che seguì invitò la ragazza a continuare a parlare. «So a cosa state pensando, che gli Hardy sono dei brutti tipi, però Malcolm è diverso.»

Tess non ne era poi così sicura, e, a giudicare dalle espressioni scettiche sui volti delle altre donne, anche loro erano d'accordo. Tuttavia, l'onestà di Anna vinse.

«Vorrei vedere la giumenta» disse Molly. «Gli animali conoscono sempre i segreti dell'universo. Puoi aprirci la strada così che non ci vedano?»

Anna annuì. «Sì. Posso coinvolgere Malcolm per aiutarci.»

CAPITOLO DICIOTTO

Molly

Molly era in piedi fuori dal box, rannicchiata accanto a Emma, Claire e Tess, e osservava la giumenta. «Sei una vecchietta, vero?» le mormorò. La cavalla sollevò la testa e le guardò, il manto nero era lungo e ispido, spolverato di grigio. Tuttavia, nonostante la palese età avanzata, gli occhi erano limpidi.

«Un'anima saggia, credo» disse Emma.

Anna parlò da dietro di lei. «Malcolm ha detto che non le piace nessuno all'infuori della signora McCabe, anche se, dopo qualche tempo, è arrivata ad accettare anche lui.»

Claire si avvicinò ancora un po'. «La sua devozione nei confronti della signora McCabe è qualcosa di speciale, non trovate?»

«I cavalli hanno la forza per sorreggere i loro cavalieri» disse Tess. «E non solo in senso fisico.» Lanciò un'occhiata ad Anna, al di sopra della spalla. «Come si chiama?»

«Songbird.» Anna ed Emma risposero all'unisono.

Molly non rimase sorpresa dal fatto che sua sorella

conoscesse già il nome della cavalla: Emma riusciva a sentire attraverso le vie dei canti, tracce invisibili sul terreno. Diceva che a volte le seguiva per dirigersi nel passato e recuperare informazioni.

Claire si voltò verso Emma. «Quanti anni ha?»

La bocca di Emma si incurvò in un sorriso. «Gli animali non misurano i loro giorni come facciamo noi, però riesco a percepire che ne ha viste tante.»

Un turbinio di passi portò da loro Katie, Josie, Sarah e Sophie, tutte senza fiato.

«Cosa ci fate qui?» domandò Anna, allungando il collo per vedere oltre le ragazze. «Malcolm avrebbe dovuto allertarci se qualcuno si fosse diretto qui.»

«Intendi l'uomo alto all'entrata?» chiese Sarah. «Gli abbiamo detto chi siamo. Vi abbiamo viste dal bordo dei recinti, ma, quando vi abbiamo urlato di aspettare, non l'avete fatto.»

«Non vi abbiamo sentite.»

«Me l'ero immaginato. Quindi siamo venute qui di corsa. Cosa succede?»

«Abbassate la voce, ragazze» disse Molly. «Stiamo conversando con una cavalla.»

«La zia Em sta facendo la sua cosa segreta?» sussurrò Sophie con gli occhi sgranati.

Molly sorrise. «Qualcosa del genere.» Poi riportò l'attenzione su Songbird. «Pensi che possiamo entrare nel box?» chiese a Emma.

«Credo di sì.» Emma lanciò uno sguardo alle ragazze. «Voi però restate qui fuori. Non vogliamo sopraffare l'animale, e non voglio che qualcuna di voi si faccia male.»

Tess aprì il chiavistello del cancelletto e le quattro adulte entrarono. Songbird sembrava gestire la situazione senza problemi, senza muovere né le orecchie né la coda. Un buon segno. Le si posizionarono di fronte, distanziandosi tra loro.

Molly non poté fare a meno di provare la sensazione che Songbird potesse essere un oracolo e che tutte loro si fossero recate lì per ottenere risposte alle domande della vita.

«È calma e amichevole» disse Emma, che era la più vicina. Con molta delicatezza, allungò la mano e la posò sul collo della cavalla. «È preoccupata. Penso per la signora McCabe. Tra loro due c'è una forte connessione. Quando era giovane, era in una tribù. Non sono sicura quale fosse, ma forse i Comanche? Vorrei che potessi vederlo anche tu, Molly.» Emma fece scorrere la mano lungo il corpo dell'animale. «Era arrivata da loro da giovane ed era molto selvaggia. Credevano di averla domata, lei però era cocciuta e gliel'ha solo fatto credere. Aveva pianificato una grande fuga, ma poi era arrivata quella signora. La donna aveva patito delle forti sofferenze, e Songbird decise che non avrebbe potuto lasciarla. Poi la donna venne portata via dalla tribù e Songbird non poteva lasciarla, quindi fuggì e la seguì. Il dolore della signora McCabe era molto acuto, perciò la giumenta restò per aiutarla. Ed è rimasta per tutto questo tempo.»

Un ricordo si fece strada dal profondo, ricoperto dalla polvere e dal tempo, ma, quando si rivelò di nuovo, Molly ne riconobbe la veridicità. «Ricordo una storia di quando ero con i Quahadi, che parlava di una cavalla magica. La chiamavano Canto Degli Uccelli perché si diceva che conversasse con gli uccelli ovunque andasse. Poi però un giorno fuggì via e non tornò mai più, e si diceva che si fosse trasformata in un uccello e si fosse unita agli amici nel cielo. Era solo un racconto di fantasia. Non ho mai pensato che potesse essere reale, ma…»

Emma sorrise. «È reale.»

«Allora dev'essere vero: la signora McCabe è stata con i Comanche Quahadi» disse Claire. «Anche la storia della figlia deve essere vera.»

Un brivido percorse la schiena di Molly, ma non era del tutto dovuto alla signora McCabe e alla figlia, una bambina che Molly aveva senza dubbio conosciuto durante il tempo trascorso insieme a loro.

Lo stomaco le si contorse in una morsa e venne assalita dalla nostalgia. Per i Comanche.

Tuttavia, provare dolore per la perdita della sua famiglia comanche la riempiva di rimorso. Come poteva sentire la mancanza della gente che l'aveva rapita dalla sua famiglia di origine? Comunque, il suo padre comanche, le sue due mogli e le due sorelle comanche non erano stati responsabili del rapimento, che era stato opera di altri membri della tribù. La sua famiglia comanche si era presa cura di lei, l'aveva persino amata, e lei aveva imparato ad amarli a sua volta. Forse per necessità, o forse perché provava vero affetto. Ma aveva davvero importanza?

Se c'era una cosa che aveva imparato dal passato era che si poteva sopportare il dolore solo con eguali quantità di amore.

Molly allungò la mano e la posò sul manto irsuto della giumenta. Songbird non si ritrasse e incontrò il suo sguardo, calmo e concentrato. Per essere un animale che lasciava di proposito che pochi le si avvicinassero, aveva un'incredibile tolleranza nonostante ci fossero loro quattro all'interno del box, oltre al pubblico passivo delle cinque ragazze dall'altro lato del cancelletto.

Era come incontrare una vecchia amica, come ritrovare un pezzo di sé che aveva seppellito il giorno in cui il padre comanche l'aveva lasciata andare via.

CAPITOLO DICIANNOVE

Emma

L'incontro con Songbird era andato meglio di quanto Emma si fosse aspettata. Aveva pensato che la cavalla avrebbe potuto essere traumatizzata o introversa, mentre in realtà, nonostante l'ovvia età avanzata dell'animale, godeva di ottima salute, era ancora forte malgrado qualche articolazione dolorante, e possedeva una palese volontà di ferro. Quella cavalla era determinata a prosperare, a prescindere da qualunque cosa le sarebbe accaduta.

Emma aveva anche percepito il forte affetto che l'animale nutriva per la signora McCabe, e aveva il sospetto che fosse stata la cavalla ad aiutare la donna ad andare avanti negli anni, quando altrimenti questa avrebbe rinunciato a vivere.

Quando Emma e l'ampio gruppo femminile uscirono dalle stalle, si imbatterono in Malcolm Hardy, che le aveva per così dire sorvegliate. Emma conosceva la sua famiglia e la turbolenta situazione familiare dei ragazzi in quella casa, tuttavia Malcolm aveva un cuore tranquillo, cosa che le risultò inaspettata.

«Com'è andata?» chiese lui con tono pacato, e a Emma non sfuggì l'occhiata che lanciò in direzione di Anna.

«È andata bene» disse Emma. «Quella cavalla è forte. Non penso che tu ti debba preoccupare di lei. Ha un legame con la signora McCabe che non si potrà rompere facilmente.»

Negli occhi del giovane passò un lampo di sollievo, ed Emma riuscì a percepire la connessione tra lui e Anna. Era così chiara che le era quasi impossibile non notarla.

Nella mente le balenò una scena nitida, come spesso accadeva quando aveva una visione, ed Emma rimase immobile per non allertare nessuno.

Nei primi raggi del sole che sorgeva all'orizzonte, Malcolm afferrava la mano di Anna e la conduceva verso l'inizio di un nuovo giorno.

La connessione tra Malcolm e Anna era tangibile, possedeva una forza che, come Emma aveva appreso negli anni, era davvero rara. Un po' sorpresa, non era certa di come dovesse procedere. Sebbene Anna non fosse tecnicamente sua nipote, Emma era sempre stata una "zia" per la ragazza e di certo si sarebbe presa cura di lei.

«Stai bene, zia Em?» Anna le posò con delicatezza una mano sulla spalla.

«Sì.» Com'era ovvio, lei non avrebbe rivelato ad Anna o a Malcolm del legame che sarebbe potuto crescere tra loro. Alla maggior parte delle persone non piaceva conoscere il futuro, anche se si trattava di un futuro tra tanti possibili. Passero aveva offerto a Emma consigli su quell'argomento diverse volte, e aveva sottolineato che l'universo amava ridere di se stesso e che lei avrebbe dovuto essere preparata a incontrare delle assurdità lungo il cammino.

Il futuro di Anna e Malcolm era tutt'altro che stabilito.

CAPITOLO VENTI

Josie

Il frastuono di grida lontane svegliò Josie. Si mise a sedere e si sfregò gli occhi, mentre fuori dalla camera di hotel, che condivideva con Katie e le cugine, si sentiva un gran trambusto: uomini e donne che correvano, rumori di collisioni e grida di panico.

«Cosa succede?» chiese.

Fuori dalla finestra pulsava un flebile bagliore arancione. «È un incendio» urlò Katie, schizzando fuori dal letto accanto a lei. Anche Anna, Sarah e Sophie balzarono in piedi.

In preda al panico, Josie si vestì in tutta fretta indossando un cappotto sopra gli indumenti da notte, e infilò i piedi nelle scarpe, per poi allacciarle con rapidità. Anna spalancò la porta e tutte si affrettarono a uscire nel corridoio, dove incontrarono i genitori.

«Cosa facciamo?» chiese Katie.

«State tutte qui» disse lo zio Logan. «Noi andiamo a vedere cosa succede.»

Prima che suo padre se ne andasse, Josie gli si lanciò tra le braccia e lo strinse con forza.

«Andrà tutto bene, Josie» le disse lui. «Torna in camera tua. Le tue cugine verranno insieme a te.»

Non era contenta che lui se ne andasse, ciò nonostante annuì, poiché voleva essere forte per lui. Il padre le baciò la testa, poi si voltò e si allontanò insieme allo zio Logan, allo zio Nathan e allo zio Cale.

Anna le riportò in camera, e tutte si sedettero sul bordo dei letti lasciando la porta aperta, mentre le loro madri e zie parlavano a bassa voce in corridoio.

A Josie venne un terribile pensiero, brutto quasi quanto quello di suo padre che andava verso il fuoco. «Pensate che i cavalli siano al sicuro?» sussurrò.

«Sono sicura di sì» rispose Anna. «Sono certa che ci siano un sacco di uomini là fuori ad aiutare. E Denton ha un dipartimento di vigili del fuoco. Ben presto sarà tutto finito. Non preoccuparti.»

La zia Claire entrò nella stanza. «Ragazze, vogliamo che restiate qui. Avete capito?»

Anna fece cenno di sì con il capo. «Sì, ma'.»

Presa dal panico, Josie saltò su e corse dalla madre, che aspettava alle spalle della zia Claire. «Dove andate?» domandò.

«Da nessuna parte, tesoro. Scendiamo solo al piano di sotto per cercare di capire qualcosa. Non saremo lontane. Restate qui.» La madre le posò una mano sulla guancia e le stampò un bacio sulla fronte, non lontano da dove suo padre l'aveva baciata un attimo prima. O diversi attimi prima. Josie sentiva come se il tempo ci stesse mettendo troppo a passare.

La zia Claire chiuse la porta e rimasero solo Josie, la sorella e le cugine, sedute in silenzio nella loro camera, con un'unica lampada che brillava sul comodino.

«Come pensate che sia cominciato?» chiese Sophie.

«Un fulmine?» La domanda di Katie rimase sospesa nell'aria.

Sul volto di Anna comparve un'espressione di seria preoccupazione. «Non ci sono stati temporali, prima. È probabile che sia stato qualcuno a provocarlo. Spero che Songbird stia bene.»

Un brivido di paura attraversò Josie. «Torno subito. Vado a vedere dov'è andata mamma.»

«No.» La voce di Anna era decisa. «Tu resti qui con me.»

«E se qui non fosse sicuro?» ribatté Josie. «E se il fuoco arrivasse a questo edificio? Penso davvero che dovremmo andare anche noi al piano di sotto.»

«Ha ragione» disse Sarah, pallidissima in viso. «Non dovremmo trovarci al secondo piano.»

Anna si fece silenziosa, la fronte segnata da linee di preoccupazione. «D'accordo. Avete ragione. Prendete qualunque cosa sia importante e raduniamoci in corridoio.»

Tutte si affrettarono a fare come lei aveva detto. Josie afferrò il suo lasso preferito, e si avvolse la corda lunga sei metri di traverso sul petto. Poi tutte insieme scesero al piano di sotto e uscirono sulla passerella. Una rapida occhiata rivelò loro che né le madri né le zie si trovavano da quelle parti.

«E adesso?» disse Katie.

All'improvviso, apparve un uomo. «Voi ragazze dovete uscire da qui. Andate a est. Allontanatevi dall'incendio.» Quindi corse via.

Anna raddrizzò le spalle. «D'accordo, seguitemi.»

«E mamma e le zie?» disse Josie.

«Sono sicura che stanno bene» rispose Anna. «Noi però dobbiamo andare.»

Le ragazze si voltarono verso destra e partirono, Josie, invece, in una frazione di secondo si voltò a sinistra e si diresse alle stalle. I cavalli potevano aver bisogno del suo aiuto. Di certo suo papà era già lì. L'avrebbe trovato e l'avrebbe aiutato con gli animali.

L'andirivieni di gente aumentò, con ombre scure che correvano avanti e indietro. Josie faticava a trovare la via, mentre cercava di ricordarsi come arrivarci. Lungo quella strada, poi doveva voltare a sinistra. Giusto?

Si fermò per un momento per cercare di riprendere fiato. L'odore del fumo aleggiava denso nell'aria e lei si coprì il naso e la bocca con il braccio.

«Il fienile!» gridò una donna. «Anche quello va a fuoco!»

Josie si girò e vide un ragazzino che correva in quella direzione. Era Aaron Harner, il ragazzino che avevano cercato di aiutare?

«No!» urlò lei. «Fermati!» Con fare concitato cercò di prendere la mano di un uomo che la oltrepassò di corsa. «Vi prego, fermate quel ragazzo!»

«Andate dall'altra parte, signorina» disse lui, liberandosi le dita. «Andate via da qui.»

Il terrore la pervase. Aaron poteva essere in pericolo. *Devo fare qualcosa.*

Si mise a correre e lo vide entrare dritto nel fienile, nel punto in cui avrebbe dovuto trovarsi la porta, da cui invece si riversava fuori il fumo.

«No!» urlò.

Disperata, cercò qualcuno a cui dirlo, ma era stranamente sola, mentre si udivano molte urla provenire dalla strada accanto. Si rese conto che la folla si era diretta nella direzione opposta, verso le stalle. Aveva senso. Era dove si trovavano gli animali. Nel fienile c'erano solo merci, vestiti e oggetti fatti a mano. Importanti, sì, però non insostituibili.

Josie si avvicinò all'entrata, con il braccio a coprirsi il volto. Lo abbassò appena per gridare: «Aaron! Aaron!» E poi tornò subito a coprirsi la bocca.

Si mise a girare in cerchio e a camminare avanti e

indietro, mentre rifletteva sul da farsi, ma Aaron non uscì. Era probabile che fosse svenuto all'interno e, se fosse rimasto lì, sarebbe morto.

Lei si tolse il lasso e il cappotto, che usò per coprirsi la testa lasciando solo un'apertura per gli occhi. Con il lasso in mano, si precipitò nell'edificio, con gli occhi che le bruciavano a causa del fumo denso. Trattenne il fiato quanto più a lungo poté e, sebbene riuscì a gridare il nome di Aaron qualche volta, ben presto divenne difficile per via del troppo fumo che aveva inalato.

Il calore era intollerabile e il fuoco le rombava nelle orecchie. Le travi si spezzavano e cadevano, facendola sobbalzare.

Non aveva molto tempo a disposizione e desiderò con tutta se stessa che suo papà fosse lì. Non voleva che Aaron morisse, però aveva paura che sarebbe morta anche lei. La sua famiglia sarebbe stata molto triste. *Papà sarebbe inconsolabile.*

Avrebbero mai saputo che lei era morta lì dentro? E se il suo corpo si fosse del tutto carbonizzato e non fosse stato possibile identificarlo?

Sua mamma era stata rapita dai Comanche da piccola e, per una svolta dolceamara, un'altra bambina che era stata catturata insieme a lei era stata uccisa per poi essere bruciata. Sua madre aveva dato alla bambina la propria collanina con una croce e, proprio a causa di questa, quando lo zio Cale aveva trovato il corpo aveva erroneamente supposto che la bambina – carbonizzata al punto tale da essere irriconoscibile – fosse Molly.

Sarebbe stato quello il suo destino?

Lottando per respirare, Josie boccheggiava per ogni briciolo d'aria che riusciva a prendere. *Presto! Cerca in fretta!*

Si lasciò cadere a terra e si mise a camminare carponi, per cercare invano Aaron. Se avesse perso i sensi e il suo corpo fosse bruciato, avrebbe potuto fare la fine di quella bambina. Nessuno avrebbe mai saputo che era lei.

Alla fine, andò a sbattere contro qualcosa.

Grazie a Dio! Le dita si chiusero attorno a del tessuto e a un arto sottile, forse un braccio, e lei sperò intensamente che si trattasse di Aaron. Lo scosse. Nessuna reazione. Il suo tempo stava per finire.

Gli avvolse il lasso attorno al corpo, sotto le braccia, e iniziò a trascinarlo ripercorrendo la stessa strada che aveva fatto per arrivare lì. Era difficile tenere il cappotto sopra il viso, con il sudore che le faceva bruciare gli occhi. Ansimava e grugniva mentre abbandonava l'edificio, e lungo il percorso perse il cappotto.

E quella fu l'ultima cosa che ricordò.

CAPITOLO VENTUNO

Molly

Molly percorreva la strada di corsa, nel concitato tentativo di individuare lo studio del dottore. Matt era da qualche parte alle sue spalle, ma lei non aveva aspettato che tenesse il passo.

Josie.

Qualcuno aveva trovato la sua piccola fuori dal fienile e in quel momento la stavano curando nello studio del medico in città. Il portiere dell'hotel era in qualche modo riuscito a trovare Molly e, non appena aveva menzionato Josie e il dottore, lei era schizzata via in una corsa a perdifiato.

Si fece strada a forza all'interno dell'edificio, oltrepassando diversi uomini e donne che affollavano l'ingresso, e notò Claire che era impegnata a occuparsi dei feriti. Ce n'erano molti distesi nel modesto studio, sul pavimento, sui tavoli e uno su un divano.

Claire corse da lei e le prese un braccio. «Il portiere ti ha trovata. Grazie al cielo.» La condusse in fondo alla sala.

«Josie.» Molly trattenne un singhiozzo, per il timore che

non sarebbe stata in grado di contenere la violenta ondata di emozioni se l'avesse fatto sfuggire. «È…»

«No. No, niente affatto.»

Non appena vide Josie, Molly si precipitò da lei e cadde in ginocchio accanto alla figlia, che era sdraiata su una coperta distesa sul pavimento di legno.

«Josephine, tesoro.»

Sua figlia aprì gli occhi e un'incudine si sollevò dal petto di Molly. *È viva.*

«Mamma.» La voce di Josie era poco più di un roco sussurro.

«Va tutto bene.» Molly accarezzò la fronte della figlia, il cui viso era del tutto ricoperto da fuliggine nera. «Non parlare. Starai bene.» Alzò lo sguardo verso Claire, un'espressione di supplica negli occhi. *Starà bene?*

«Si riprenderà. Dovresti essere fiera di lei. Ha salvato quel ragazzino laggiù.» Indicò con il capo un altro bambino sdraiato a qualche metro di distanza, con una donna ricurva su di lui. Nella mente di Molly non c'era alcun dubbio che questa fosse una Comanche.

Claire spinse una tazza d'acqua nella mano di Molly. «Cerca di farla bere. Temo di dovermi occupare di altri pazienti.»

Lei annuì, ancora tremante.

All'improvviso Matt le fu accanto, il volto cinereo e un reale terrore che indugiava nello sguardo. La sua attenzione era tutta focalizzata sulla figlia. «Cos'è successo?»

«Ha rischiato la vita per quel bambino laggiù.» Molly tenne la voce bassa, per poi indicare di chi si trattava con un'inclinazione della testa.

«Perché mai l'hai fatto, Josie?» Matt le chiese piano. «Avresti dovuto trovare un adulto che ti aiutasse.»

«Ci ho provato» gracchiò Josie. «Non c'era tempo.»

«Perché avete lasciato l'hotel?» chiese Molly.

«Pensavamo non fosse sicuro, ma non riuscivamo a trovarvi. E io ero preoccupata per i cavalli.»

«Gli animali stanno bene» la rassicurò Matt. «La gente del paese ha reagito in fretta.»

«Mi dispiace di averti lasciata, Josie» disse Molly. «Ci siamo allontanate solo per un minuto…» Le si strinse la gola.

Matt le posò una mano sulla schiena e le strinse con dolcezza la spalla. «Calma» mormorò. «Non puoi cambiare il passato.»

Era un ritornello ricorrente di suo marito, inteso a darle conforto. E aveva ragione. Eppure… lei aveva quasi perso la sua bambina.

Molly prese con delicatezza la mano di Josie, oltremodo grata che sua figlia fosse viva. Lanciò un'occhiata al bambino e alla donna che era chiaramente sua madre, e un'ondata di familiarità la colpì, come una scossa. Poi, la donna sollevò lo sguardo e si voltò quel tanto che bastava per guardare Molly dritta negli occhi.

E fu in quel momento che lei capì. Il ragazzino era Aaron Harner, il figlio di Bill. E la donna era la moglie di Bill. Non l'aveva chiamata Abbie? E lei era comanche. E Molly la conosceva.

Gli occhi di Abbie si riempirono di lacrime.

«Non ci credo» sussurrò Molly.

Matt prese la tazza di acqua e si spostò accanto a Josie così che Molly si potesse alzare in piedi. Lei si avvicinò a dove giaceva Aaron. Il bambino aveva gli occhi chiusi ma il suo petto si sollevava e si abbassava in deboli respiri.

Molly si accovacciò di fronte alla donna. *Acqua Che Scorre.* La sua sorella comanche. Erano passati diciassette anni dall'ultima volta che l'aveva vista. Il giorno in cui Molly aveva lasciato la tribù, il giorno in cui suo padre comanche aveva cercato di fare la cosa giusta e l'aveva riportata a un avamposto dei comancheros, per aiutarla a ritornare alla sua famiglia di origine. Nonostante fosse difficile conoscere le loro età – non era una cosa di cui Molly aveva tenuto conto –, Acqua Che Scorre aveva almeno tre o quattro anni meno di lei. In seguito, dopo che Molly era tornata a quello che era rimasto della sua casa d'infanzia ed era stata accolta dalla famiglia di Matt, la madre di lui l'aveva aiutata a ricostruire la sequenza temporale.

Molly aveva diciassette anni quando Corre Coi Bisonti, il padre comanche, l'aveva portata all'avamposto, dunque Acqua Che Scorre doveva avere avuto circa tredici anni. In tutta onestà, Molly aveva pensato che non l'avrebbe mai più rivista.

«Uccellino Dei Cactus.» La donna usò il nome che il loro nonno comanche aveva dato a Molly.

«Sì.» Ma prima che potessero riabbracciarsi come si deve, Molly guardò Aaron e chiese: «Come sta?»

«È vivo, grazie a tua figlia.» Sulle guance di Acqua Che Scorre scendevano fiumi di lacrime. «Grazie.»

«Non sono sicura di cosa sia accaduto, ma sono felice che entrambi siano vivi.»

Bill Harner, con il volto solcato da rughe di preoccupazione, arrivò e si inginocchiò dall'altro lato di Acqua Che Scorre. I due conversarono velocemente e a bassa voce, e Molly riconobbe la lingua dei Comanche.

Bill posò una mano sul petto di Aaron, per sentire l'alzarsi e l'abbassarsi del respiro del figlio, poi sollevò lo sguardo su Molly. «Siamo in debito con vostra figlia.»

Acqua Che Scorre mormorò qualcos'altro al marito, al che lui tornò a guardare Molly con occhi luccicanti di sorpresa. «Non avevo idea che si trattasse di voi, che voi foste sua sorella quando Abbie era giovane.»

«Nemmeno io» disse Molly. «Non fino a quando non l'ho vista ora.»

«Mi dispiace di avervi tenute separate.» Lanciò uno

sguardo alla moglie. «Ma ad Abbie piace stare per conto suo. Adesso è qui solo perché...» Gli si spezzò la voce quando abbassò gli occhi sul figlio.

«Capisco» disse Molly. «Vi lascio a prendervi cura di lui. Magari possiamo parlare più tardi.»

Abbie sorrise, anche se subito si dissolse in un tremito. Aaron e Josie potevano non essere ancora fuori pericolo. Quindi Molly tornò da Matt e dalla loro figlia.

CAPITOLO VENTIDUE

Cale

Cale esaminava le macerie fumanti della parte settentrionale dei recinti e delle stalle. Sarebbe potuta andare molto peggio, anche se ciò non alleviava la stanchezza che si era impossessata di lui mentre il sole saliva sempre più alto in cielo.

Tutti i membri della famiglia erano in salvo, nonostante Josie si stesse ancora riprendendo dalle inalazioni di fumo. Con l'aiuto del dipartimento dei vigili del fuoco di Denton, oltre a quello degli abitanti della città, erano riusciti a contenere l'incendio e a salvare gli animali, per poi spostarli in recinti improvvisati che al momento erano presidiati da volontari.

Tess stava aiutando alcune delle donne a preparare il cibo, insieme a Emma, mentre Claire, dopo aver aiutato Molly a sistemare Josie nella camera d'hotel, era ritornata a dare una mano ai diversi dottori in città a curare i feriti. Molly si rifiutava di lasciare Josie, mentre le nipoti di Cale –

Anna, Katie, Sarah e Sophie – erano impegnate a fare quello che potevano, andando a prendere l'acqua e il cibo per coloro che si prendevano cura dei feriti, sbrigando commissioni, occupandosi dei più piccoli così che i genitori potessero aiutare in altri modi. Questo rendeva Cale davvero orgoglioso della sua famiglia e, sebbene sentisse la mancanza delle sue ragazze, non poté fare a meno di sentirsi sollevato nel sapere che a loro era stata risparmiata quell'esperienza. Era un pensiero egoista, ma cosa avrebbe fatto se una di loro si fosse fatta male? O peggio?

Mentre la maggior parte delle operazioni di pulizia era in attesa che le ceneri si raffreddassero, Cale aveva fatto quel che poteva per il momento. Vide Matt e Logan in lontananza, intenti a lavorare con i cavalli, e presto si sarebbe unito a loro. Prima, però, c'era qualcosa che doveva fare.

Si diresse alla periferia della città, trovò un'area lontana dalla strada principale, e andò verso un gruppetto di alberi. Non voleva necessariamente nascondersi, ma allo stesso tempo non voleva attirare l'attenzione. Era in piedi rivolto verso il sole.

Dalla tasca della camicia estrasse il sacchettino di *hadintin* e iniziò il rito che gli avevano insegnato gli Apache molto tempo prima. L'ora era un po' tarda, dal momento che si doveva celebrare quando il sole sorgeva all'orizzonte; tuttavia, lui sentiva la necessità di farlo lo stesso. Nonostante tutto quello che aveva fatto e visto nella vita, dal servizio nell'esercito americano al cacciatore di taglie con il padre di Tess – alcune di quelle cose gli macchiavano ancora l'anima, se vi si soffermava a pensarci troppo a lungo –, continuava comunque a credere che lo spirito avesse il potere di portare benedizioni a coloro che abitavano questo mondo. E se nel suo piccolo quel rito avrebbe aiutato, allora era felice di farlo.

Una volta completate le preghiere e aver accolto il nuovo

giorno, aggiunse una ulteriore benedizione per Josie. La bambina aveva il senso della giustizia di Matt e la cocciutaggine di Molly. Era ammirevole, anche se lui temeva che questo episodio, in cui aveva sfiorato la morte, per lei non sarebbe stato l'ultimo.

CAPITOLO VENTITRÉ

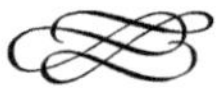

Sophie

Sophie stringeva forte la sua copia di Sherlock Holmes mentre usciva dalla stanza in cui Josie era in convalescenza. Sua cugina aveva un aspetto migliore e in quel momento sorseggiava brodo di pollo preparato dalle signore nella cucina dell'hotel, tra cui c'erano anche la zia Emma e la zia Tess. Anche la zia Molly sembrava più felice, il che servì ad alleviare un pochino la tensione che Sophie aveva nel petto. Non le piaceva quando gli adulti erano in pena. E perché mai Josie aveva seguito Aaron nel fienile in fiamme? Sua cugina non aveva riflettuto. E, a causa di ciò, a quest'ora avrebbe potuto essere morta.

Comunque, Josie aveva salvato Aaron, e quella era davvero una buona notizia. Fino a quel momento, non erano arrivate voci sul fatto che qualcuno fosse morto a causa dell'incendio e, se fosse capitato ad Aaron, sarebbe stato molto triste, in particolare per i genitori del ragazzino.

Sophie lasciò l'hotel nel primo pomeriggio, con l'obiettivo di raggiungere lo studio del medico dove sua madre stava lavorando. Sarebbe andata a controllare se per caso lei avesse bisogno di aiuto. Anna si trovava già lì: aveva un talento nel guarire, o forse era solo la sua indole autoritaria; a ogni modo, era ben organizzata, e Sophie sapeva che la sorella maggiore stava prendendo molto seriamente il proprio ruolo nell'aiutare. Alcuni dei bambini più piccoli che Sophie e Katie avevano curato erano tornati con i loro genitori, e Katie era andata a cercare suo papà. Sarah era esausta e stava riposando, dato che erano state sveglie per quasi tutta la notte.

Anche Sophie era stanca, però voleva vedere la mamma.

Un gatto schizzò fuori da sotto la passerella e si infilò in un vicolo stretto. Lei si fermò a guardarlo, la pelliccia nera aveva un aspetto ispido e ricoperto di polvere. Per caso era stato coinvolto anche lui nell'incendio? Mentre le sue sorelle erano determinate a prendere un cagnolino dalla cucciolata che avevano visto l'altra sera, Sophie era sempre stata affascinata dai gatti.

«Stai bene?» sussurrò lei.

Il gatto la fissò con grandi occhi verdi e poi fuggì lungo il vicolo. Sophie lo seguì, facendo del proprio meglio per non fare rumore, poiché non voleva spaventare l'animale. Si infilò il libro nella cintura della gonna, in modo da avere le mani libere per poter prendere in braccio la creaturina.

Il gatto si fermò vicino a un'entrata e Sophie si accovacciò, con il braccio allungato verso di lui, per cercare di dimostrargli che poteva fidarsi. La porta lì accanto si aprì appena, con un cigolio, però Sophie rimase immobile, per non spaventare il suo nuovo amico. All'interno, due uomini parlavano in toni sommessi. Lei cercò di ignorarli, nella speranza che non spaventassero improvvisamente il gatto, ma frammenti della loro conversazione fluttuarono all'esterno e la raggiunsero.

«...dobbiamo nasconderlo oppure lasciare la città...»

«Non posso lasciare mia madre...»

Sophie azzardò un'occhiata all'interno della stanza e si bloccò. Su di un tavolo c'erano pile di banconote. Per fortuna, gli uomini le davano le spalle. Aveva sentito per caso suo papà e lo zio Matt discutere a bassa voce fuori dalla camera di Josie del fatto che, durante l'incendio, la banca era stata rapinata, e lo zio aveva detto di essere maledettamente sicuro che qualcuno avesse appiccato l'incendio. Lo zio Matt imprecava più spesso se pensava che nessuno dei bambini lo sentisse. Potevano essere quegli uomini i ladri?

Riportò lo sguardo sul gatto. L'animale incontrò i suoi occhi, poi si voltò e corse via, ancora più in fondo al vicolo. Per un terribile secondo, Sophie non seppe cosa fare. Voleva inseguire il gatto, però era improbabile che sarebbe riuscita ad acchiapparlo. Sperando che lui sarebbe stato bene, si alzò con cautela e indietreggiò di diversi passi, per il timore di allertare gli uomini riguardo alla sua presenza. Aveva un brutto presentimento su quello che le avrebbero potuto fare se avessero saputo che li aveva visti.

Una volta che si trovò a diversi metri di distanza, girò sui tacchi e si mise a correre in direzione della strada principale. Non appena girato l'angolo dell'edificio, andò a sbattere contro un uomo e una donna che passeggiavano. I due la afferrarono e la rimisero in piedi.

«Domando scusa. Signora. Signore.» Li superò, diretta a grandi passi verso lo studio del dottore. Fu solo quando era quasi arrivata che si rese conto di aver perso il suo libro di Sherlock Holmes, che doveva esserle caduto quando era fuggita.

CAPITOLO VENTIQUATTRO

Claire

Claire era in piedi a testa alta, con ciocche dei capelli biondi che le pendevano sul viso mentre si stiracchiava, nel tentativo di alleviare il dolore nella parte lombare della schiena.

Era stata una lunga notte e una mattinata impegnativa, in cui molte persone erano state portate nel piccolo studio del dottor Baldwin e, in seguito, in una caffetteria nelle vicinanze da cui erano stati rimossi tavoli e sedie. Gli altri medici in città si erano raggruppati tutti insieme, anziché spostare inutilmente i pazienti. Per la maggior parte, si trattava di malanni collegati al fumo, anche se c'erano stati diversi casi di bruciature e qualche arto rotto. Il dottor Baldwin aveva accolto il suo aiuto, e lei era felice di offrirlo, ma la fatica stava prendendo il sopravvento e lo stomaco le brontolava per la fame.

«Ciao, bellissima.»

Claire si voltò e si ritrovò davanti Logan; gli sorrise,

sollevata e felice di vederlo. Lui le porse un fagotto avvolto in un canovaccio a quadretti.

«È un panino al prosciutto» le disse.

«Oh, ti ringrazio.» Lei prese il cibo e gli fece segno di seguirla in un angolo della stanza. Si lavò le mani in un catino, le asciugò con un asciugamano, quindi si accomodò su una sedia e iniziò a divorare il pasto, mentre il marito le stava seduto accanto.

«Pensavo potessi averne bisogno, e suppongo di aver avuto ragione.»

«Non ho mangiato niente dopo la cena di ieri sera» disse lei, con la bocca piena, trascurando del tutto le buone maniere.

«Non parlare. Mangia.»

Lei mandò giù il primo boccone e, subito prima del secondo, chiese: «Come stanno le ragazze?»

«Stanno bene. Aiutano dove possono.»

«E hai controllato come sta Josie?»

«Sta bene» la rassicurò Logan. «Emma e Tess si sono assicurate che Molly avesse qualcosa da mangiare, dato che non vuole lasciare Josie.»

Claire annuì, aveva quasi finito metà del panino e le spalle si rilassarono.

Logan allungò una mano e le scostò delle ciocche ribelli. «Sei esausta. Si intravede la fine?»

Quando lo stomaco le segnalò la soddisfazione per aver ricevuto il cibo, Claire interruppe per un attimo il pasto. «Sì. Potrei riuscire a fare una pausa tra qualche ora.»

«Come sta il piccolo Harner?»

Lo sguardo di lei si spostò verso la brandina dove giaceva il ragazzino, con Bill e Abbie che vegliavano su di lui. «Dorme da troppo tempo» disse a bassa voce. Sentiva il cuore pesante nel petto.

Logan non dovette spostarsi molto sulla panca per avvolgerle un braccio attorno, e lei gli si abbandonò contro.

Con un cenno del capo, lei gli indicò i genitori sconvolti. «Magari potresti prendere qualche panino in più per loro.»

«Lo farò, non appena andrò via.» Le posò un bacio sulla fronte.

Claire notò la figlia nell'attimo stesso in cui la bambina entrò nell'edificio. Sophie si precipitò da loro, il respiro affannato mentre tentava di riprendere fiato.

Claire aggrottò la fronte, piena di preoccupazione. «Cosa succede?»

«Devo dirvi una cosa.»

Sophie era la loro figlia tranquilla, ma quella sempre dotata di spirito di osservazione. E malgrado avesse spesso il naso infilato tra i libri, non era incline a racconti di fantasia. Quello era più lo stile di Sarah.

Sophie abbassò la voce fino a ridurla a un sussurro. «Ho visto gli uomini che l'hanno fatto.»

CAPITOLO VENTICINQUE

Nathan

Nathan finì di trasportare il fieno al recinto più lontano, mentre aiutava gli altri volontari a prendersi cura dei cavalli che erano stati spostati dopo l'incendio della notte precedente.

«Hai visto McCabe?» gli chiese Logan, diretto verso di lui.

«Non di recente.» Nathan si sfilò i guanti da lavoro, poi si spinse il cappello da cowboy un po' più in alto per dare un'occhiata agli uomini che gironzolavano lì attorno. Quindi riportò lo sguardo su Logan, senza che gli sfuggisse l'espressione dura che aveva sul volto. «Hai l'aria di uno che sta per sollevare un vespaio.»

Negli occhi di Logan passò un lampo e la mandibola si contrasse. «Ho motivo di credere che abbia rapinato la banca, il che naturalmente lo mette in cima alla lista dei sospettati per aver appiccato l'incendio.»

Quando avevano scoperto dal portiere dell'hotel che la banca era stata svaligiata, non era stata una forzatura concludere che l'incendio non era stato accidentale, come molti in città credevano. Nathan aveva parlato con lo sceriffo, qualche ora prima, ma lui e il suo vice per il momento stavano tenendo riservata l'indagine. «Come l'hai scoperto?»

Logan si grattò la nuca. «Beh, qui è dove le cose si fanno complicate. La mia fonte è Sophie.»

Le spalle di Nathan si irrigidirono per la preoccupazione. «Cos'è successo?»

A bassa voce, Logan ripeté quello che sapeva di Sophie che aveva inseguito il gatto trovando due uomini in una stanza con un sacco di denaro sul tavolo.

«L'hanno vista?»

«Lei crede di no. Tuttavia, aveva con sé un libro e l'ha perso nella foga di fuggire via. Ho rifatto il suo percorso senza di lei, però non ho trovato alcun libro. Ho anche bussato a qualche porta, ma la stanza fuori dalla quale si trovava era vuota.»

«Come faceva a sapere che si trattava di McCabe?»

«Non lo sapeva. Non direttamente, almeno. Comunque, uno di loro ha accennato al fatto di non poter lasciare la città senza sua madre. Sto solo facendo due più due, sulla base di ciò che mi ha detto Claire.»

Nathan represse la frustrazione. «Temo che queste prove non siano sufficienti. A ogni modo, dovremmo parlarne con lo sceriffo.»

«Sono d'accordo, ma non ho alcuna intenzione di sottoporre mia figlia all'identificazione di McCabe. Lui non deve sapere niente di lei.»

Nathan guardò oltre la spalla di Logan, verso un uomo in lontananza che si avvicinava. «Attento a quello che desideri» mormorò e fece un cenno del capo appena percettibile.

McCabe si fermò davanti a loro e li salutò con un mezzo sorriso, anche se poco cordiale.

«L'incendio è stato una cosa terribile» disse McCabe. «Sono felice che i vostri animali siano salvi.»

Nathan riusciva a percepire il controllo di ferro che Logan stava esercitando per mantenere il sangue freddo.

«E voi cosa ne sapete dell'incendio?» domandò Nathan.

McCabe si strinse nelle spalle. «Che forse è stato appiccato da dei bambini? Si mettono sempre nei guai. A tal proposito...» Infilò la mano nel cappotto e ne estrasse un libro. «Credo che vostra figlia abbia perduto questo.» Gli porse la copia di Sherlock Holmes. «Sophie, giusto?»

Logan non si mosse, perciò Nathan allungò la mano e prese il libro.

«L'ho trovato in un vicolo» proseguì McCabe, lo sguardo severo e calcolatore. «Dovreste dirle di non aggirarsi furtiva nell'ombra.»

Sebbene Nathan fosse pronto a dover staccare Logan da quell'uomo, lui rispose: «Potrei dire a voi la stessa cosa.»

«Volevo solo essere cordiale.»

Logan fece un passo avanti. «Vedete di stare alla larga da mia figlia.»

«Allora siamo tutti d'accordo.» La bocca di McCabe si allungò in un sorriso privo di umorismo. «Sul fatto di stare tutti alla larga gli uni dagli altri.»

L'uomo si voltò e si allontanò.

Se prima Nathan aveva nutrito dubbi su chi Sophie avesse visto in quella stanza, ora non ne aveva più. La minaccia di McCabe era fin troppo chiara. Aveva rapinato la banca e sapeva che Sophie lo aveva visto. Oppure no?

«Credo che stia bluffando» disse Nathan, non appena McCabe non fu più a portata di orecchio.

«Perché lo dici?»

«In qualche modo ha trovato il libro, però non sa che lei lo ha visto. Sta solo tirando a indovinare.»

«Ma ora dubiti di quello che ti ho detto sulla sua colpevolezza nella rapina?»

«No. Ma se teniamo Sophie fuori da questa faccenda, McCabe la farà franca.» Quando Logan sembrò pronto a interromperlo, Nathan alzò una mano. «E no, non sto suggerendo di esporla a più di quanto non sia già stata esposta. Anzi, ti suggerisco di spostarla in camera con me ed Emma, stanotte. Tutte le tue ragazze, in realtà, nel caso qualcuno venisse a indagare mentre tu sei impegnato ad aiutare Claire con i feriti.»

La preoccupazione offuscò lo sguardo di Logan, ma lui annuì.

«Le terrò al sicuro» aggiunse Nathan.

«Lo so. Grazie.»

«E conosco quello sguardo.»

«Quale sguardo?»

«Quello da "otterrò una confessione". Devo azzardarmi a chiederti se hai un piano?»

Logan fece una pausa, quindi disse: «Per caso Anna ha accennato al fatto che McCabe ha di recente licenziato Malcolm Hardy.»

Nathan sorrise. «Allora immagino che andremo a cercare Hardy.»

CAPITOLO VENTISEI

Molly

Molly era seduta di fronte ad Abbie in un salottino dell'hotel dove alloggiavano gli Harner. Era lontano dalla piazza principale della città, e lei suppose che fosse fatto apposta affinché Abbie potesse starsene ancora di più per conto suo.

Molly si era offerta di andare lì, dato che Abbie non voleva lasciare il figlio, che riposava in una camera al piano di sopra, e Anna aveva accettato di stare con Josie. «Sono lieta che Aaron si sia risvegliato» le disse Molly.

Abbie aveva un'espressione visibilmente sollevata, sebbene il viso mostrasse ancora i segni dello stress degli ultimi due giorni, con delle occhiaie scure e i capelli neri acconciati in una treccia che sembrava non essere stata toccata da tempo. «Lo sono anche io.» Sorrise, un sorriso esausto ma sincero. «La tua Josephine è davvero una benedizione. Senza di lei, oggi non avrei più il mio Aaron.»

Nell'anima di Molly persisteva un brivido gelido quando osava pensare a ciò che era accaduto e a quanto Josie fosse stata imprudente nel cercare di aiutare Aaron. Era oltremodo grata che entrambi i bambini fossero ancora vivi; ciò nonostante, se avesse perso la figlia minore… Era difficile da accettare.

«Perché era andato in quel fienile?» chiese Molly.

«Pensava di salvare il mio lavoro.» Abbie si asciugò una lacrima sulla guancia. «È stato sciocco da parte sua e gliel'ho detto.» Scosse la testa. «Davvero sciocco.»

Molly fece una pausa, incerta sulla risposta da dare, dal momento che definirla stupidità era riduttivo. Poteva solo accantonare la faccenda. Trasse un respiro per calmarsi, ancora scioccata dall'aver trovato Acqua Che Scorre dopo tutti quegli anni. «Non riesco a credere che sia proprio tu.»

«È passato moltissimo tempo.»

«Mi puoi raccontare qualcosa della famiglia? Corre Coi Bisonti è ancora vivo?» domandò, riferendosi al padre comanche che avevano condiviso.

«Sì» rispose Abbie. «Non molto tempo dopo che ci lasciasti, ci portarono alla riserva. Hai ritrovato la tua prima famiglia?»

«Non subito. Corre Coi Bisonti mi portò a un avamposto di comancheros e poi trascorsi due anni con un anziano uomo tra le montagne del Messico. Quando lui morì, ritornai in Texas. Però i miei genitori erano entrambi morti e le mie sorelle erano state mandate a vivere con una zia in California.»

Lo sguardo di Abbie rifletteva tristezza. «Mi dispiace. Mi sei mancata, dopo che sei andata via.»

L'emozione serrava la gola di Molly mentre allungava la mano per afferrare quella di Abbie. «E a me sei mancata tu. Mi sono resa conto in seguito quanto fossi affranta per aver lasciato la tribù, e in particolare per aver lasciato *te*.»

«Siede Per Terra non ha sentito la tua mancanza» disse Abbie con una risata, a cui si unì anche lei.

«Non ne sono sorpresa.» Siede Per Terra e Molly avevano all'incirca la stessa età, e la sua sorella comanche era stata gelosa quando Molly aveva ricevuto prima di lei un'offerta di matrimonio da un guerriero.

«Sono felice che tu abbia trovato Matt Ryan. Bill me ne ha parlato molto bene.»

L'espressione del viso di Molly si addolcì. «Matt mi ha aiutata a superare lo shock, mi ha aiutata a costruire una nuova vita più felice. Ti va di raccontarmi come sei arrivata a sposarti con Bill?»

«Nel '75 andammo nella riserva, ed era terribile. Dopo diversi anni facevamo la fame, quindi Corre Coi Bisonti decise di mandare me e Siede Per Terra a lavorare in un ranch in Texas. Suppongo che stesse cercando di aiutarci, come ha aiutato te. Però Siede Per Terra si rifiutò di andarsene, quindi andai solo io. Lei riuscì a sposarsi e si trova ancora là. Lei e il marito hanno tre figli. Corre Coi Bisonti riuscì a mettere in piedi una piccola fattoria. Ha quattro mogli, nonostante la legge.»

Quell'affermazione fece sorridere Molly, che poi le chiese: «Cos'è successo al ranch? È là che incontrasti Bill?»

«Sì. Mi trattavano bene. Mi chiesero di imparare l'inglese e mi diedero un nuovo nome. Bill lavorava come bracciante, e, quando decise di costruire una casa di sua proprietà, mi chiese di andare con lui. La maggior parte della gente suppose che vi andassi come cuoca, e noi non li correggemmo. Era solo più facile fare così. Ci sono ancora molte persone che non amano vederci insieme.»

«Lo capisco. Sono felice che siate riusciti a trovare comunque un modo per poter stare insieme.»

«Di solito non vengo in città a fiere di questo tipo. È più semplice per me restare a casa con i bambini. Però Aaron e Winnie ci tenevano tanto a venire, così ho accettato.»

«Beh, è un vero miracolo che ti abbia trovata. Spero che

ci potremo rivedere di nuovo. Tu, Bill e i ragazzi dovete venire a farci visita al *Rocking Wren*.»

«Mi piacerebbe. Bill e io chiamiamo Winnie il nostro "uccellino dei cactus".»

A Molly si strinse il cuore. «Lui è ancora…?»

Abbie intuì la domanda e scosse piano la testa. «Uccello Che Vola Alto è venuto a mancare durante quel primo anno nella riserva. È stata molto dura per lui. E penso che sentisse la tua mancanza.»

Nell'apprendere della perdita del nonno comanche, Molly si sentì colmare di tristezza. E poi il dolore la trafisse con ferocia. Fece di tutto per mantenere il controllo delle emozioni mentre terminava il suo incontro con Abbie, con la promessa di rivedere lei e Bill il giorno seguente, prima che lei, Matt e le ragazze lasciassero la città per tornare a casa.

Molly tornò al suo hotel e, dopo aver controllato come stesse Josie, che dormiva profondamente con Anna a vegliare su di lei, tornò in camera sua. Per fortuna era vuota, dal momento che Matt era andato a incontrare Logan e Nathan. Chiuse la porta e si accasciò a terra di fronte al caminetto. Il dolore che non aveva voluto riconoscere montò dentro di lei, e, con una pressione esplosiva che non si poteva più contenere, Molly scoppiò in un pianto agonizzante, e sì piegò in due con le braccia che le cingevano lo stomaco.

Era stata rubata dalla sua vera famiglia, da Robert e Rosemary Hart, e dalle sue sorelle, Mary ed Emma, ed era stata presa dai guerrieri comanche della tribù dei Quahadi. Quei primi giorni erano stati un turbinio di paura, di dolore, di una pazzia che lei aveva a lungo represso. Ma poi era accaduto qualcosa. Corre Coi Bisonti l'aveva accolta, e le sue due mogli si erano prese cura di lei, così come aveva fatto anche lui. E il nonno, in particolare, era stato gentile. E con il tempo, Molly aveva iniziato ad amarli. Li aveva amati tutti.

E, sepolta in profondità dentro di lei, c'era la consapevolezza che non avrebbe dovuto farlo.

Sebbene non fossero stati i Comanche a uccidere i suoi genitori – il responsabile era stato un bracciante rancoroso –, loro avevano comunque preso parte alla perdita della sua infanzia.

Rivedere Acqua Che Scorre aveva ricordato a Molly che lei era stata una bambina di due mondi, che aveva avuto due famiglie dalle quali, in entrambi i casi, era stata strappata.

Le lacrime scorrevano a fiumi, i singhiozzi le straziavano il corpo, eppure insieme a tutto ciò arrivò anche la purificazione dalla rabbia, dalla tristezza e dal dolore che lei non aveva mai affrontato in modo adeguato. La sofferenza era profonda, un abisso, e, per quanto volesse fermarla, non ci riusciva. Forse era giunta l'ora di seppellire tutto.

E insieme a questo, c'era il terribile panico di aver quasi perso la sua cara Josephine.

La porta si aprì e Matt le fu subito accanto, per prenderla tra le braccia. «Emma me l'ha detto» disse, con voce rassicurante.

Malgrado Molly non avesse parlato con Emma di Acqua Che Scorre, in qualche modo sua sorella l'aveva saputo.

Matt era stato il suo amico d'infanzia, l'aveva cercata senza sosta quando era scomparsa, e in seguito aveva provato un dolore tanto profondo che, quando Molly era tornata dieci anni più tardi, all'inizio non era riuscito a credere che fosse lei. Sebbene la sua accettazione fosse stata lenta, lui era sempre stato un solido punto di riferimento per lei, e la gratitudine e l'affetto di tanto tempo prima si erano piano piano trasformati in amore, un amore che l'aveva salvata. E che, da allora, continuava a salvarla ogni giorno.

«Molly» sussurrò. «Sei a casa. Con me. Sempre.»

CAPITOLO VENTISETTE

Sarah

«Dove sei stata?» domandò Anna.

Sarah non si disturbò a nascondere la propria frustrazione, e arricciò il viso con fare disgustato. A volte Anna era come una pulce sotto la pelle. «Mi è venuta in mente una cosa.»

Anna socchiuse gli occhi. «Riguardo a cosa?»

«Riguardo alla cavalla. Quella a cui la zia Em ha parlato e che secondo la zia Molly era una leggenda per i Comanche.»

Sophie, Katie e Josie le si radunarono attorno sulla passerella davanti all'hotel, tanto per evitare che i passanti di metà pomeriggio si inserissero tra loro quanto per sentire cosa avesse da dire lei.

Sarah era felice di vedere che Josie era tornata se stessa. A parte la gola un po' roca, quel giorno era di nuovo in piedi. Era un tale sollievo.

«Questa mattina sono andata a vederla» proseguì Sarah.

Davanti alle loro espressioni inquisitorie, aggiunse: «La cavalla.»

«Hai scoperto qualcosa?» la incalzò Josie.

Josie aveva sempre avuto una strana connessione con i cavalli. La madre di Sarah aveva sempre detto che era una cosa passata da madre a figlia – dalla zia Molly a Josie. Sarah si era sempre chiesta cosa avesse ereditato lei dalla propria madre, perché di certo non erano le doti mediche. E non aveva alcun desiderio di restare al *Dove Crossing* e allevare bestiame. Voleva studiare il passato, proprio come lo zio Jimmy. Era rimasta affascinata nel leggere delle sue lezioni di paleontologia, di cui le parlava nelle lettere che le mandava.

Dunque perché non iniziare ora, cercando di dipanare il mistero della cavalla chiamata Songbird. In principio, Sarah era rimasta fuori dal box e aveva cercato di comunicare a livello spirituale con l'animale, come aveva fatto la zia Em, il che si era però ben presto rivelato infruttuoso. A dire la verità, Sarah non aveva idea di cosa facesse la zia Em quando conversava con "altri mondi e spiriti", perciò non era mai sicura di come iniziare esattamente nella propria testa una conversazione con un cavallo.

«Beh, no» ammise Sarah. «Non dalla cavalla, se è quello che intendete. Però, quando stavo venendo via, è apparsa la vecchia signora, la signora McCabe. Ha detto a uno degli stallieri di sellarle la cavalla per dopo.»

«Non sono sicura del perché questo sia importante» disse Anna, con un tono di impazienza nella voce.

«Ha detto che sarebbe andata a trovare il ragazzo che era sopravvissuto all'incendio.»

Gli occhi di Katie si spalancarono. «Aaron?»

«È quello che ho supposto io.»

«Beh, questa cosa non va bene» disse Josie, il volto contratto dalla rabbia. «Ha intenzione di tormentarlo?»

«Non lo so» rispose Sarah. «Però seguiamola.»

«Sai dove alloggiano gli Harner?» chiese Anna.

Sarah annuì. «La zia Molly ha detto che lei e lo zio Matt sarebbero andati da loro prima di cena, per salutarli. Andiamo anche noi insieme agli zii.»

CAPITOLO VENTOTTO

Molly

Molly camminava con la mano nell'incavo del gomito di Matt, con il corteo formato da cinque ragazzine al seguito. Lei gli si avvicinò e disse: «Non mi aspettavo di avere compagnia, questa sera.»

«Hanno in mente qualcosa.» Lui si guardò alle spalle. «Però almeno possiamo tenerle d'occhio.»

Con il sole che scendeva nel cielo, lasciarono la piazza e si diressero verso l'hotel dove soggiornavano gli Harner, a diversi isolati di distanza. Quando arrivarono, Bill e Abbie erano seduti su una panca, con Aaron davanti a loro. Molly era sollevata nel vedere che il ragazzo si fosse rimesso in piedi e avesse un aspetto abbastanza buono, salvo una lieve stanchezza.

Quando si salutarono tutti, con le ragazze che riversavano molte attenzioni su Aaron, Molly rimase sorpresa nel vedere Myrna McCabe avvicinarsi in sella alla sua anziana Songbird.

«Signora McCabe» disse Molly. «È un piacere vedervi.»

Matt aiutò la donna a scendere dalla cavalla.

«Sono venuta a vedere il ragazzo» disse Myrna, con un dito puntato in direzione di Aaron.

Bill scese dalla passerella sulla strada per affrontare Myrna, mentre Abbie andò accanto ad Aaron, dove lui era impegnato a chiacchierare con le ragazze.

«Non vogliamo problemi» disse Bill alla donna.

«Nemmeno io.»

«Ci avevamo quasi creduto» disse Josie, la voce ancora roca per via delle inalazioni di fumo.

«Josephine» disse Molly, anche se non riuscì a sgridarla del tutto. Quindi aggiunse, in tono dolce: «Comportati bene, tesoro.»

«Sì, signora.» Tuttavia, negli occhi di Josie permaneva l'audacia, e Molly ne era orgogliosa e perplessa allo stesso tempo.

«Posso vedere il ragazzino?» chiese Myrna.

L'atteggiamento cordiale di Bill si dissolse. «E perché mai dovreste farlo?»

«Perché sono piuttosto sicura di aver visto qualcosa, giorni fa, e ora ho bisogno di saperlo con certezza.»

Bill mantenne la posizione. «Dovrete spiegarvi prima che vi permetta di avvicinarvi a mio figlio.»

La signora McCabe ondeggiò appena e Matt estese le braccia per sostenerla. La donna guardò Molly. «Non vi ho mai ringraziata per essere venuta a cena con me e Holden l'altra sera. Suppongo di aver raggiunto il punto in cui non mi importa più molto ormai e sono soltanto in attesa di morire.» Fece un sorriso tirato. «Ma poi ho visto quel ragazzino. E ho lasciato cadere a terra la borsetta che avevo rubato.» Sospirò. «Sì, l'ho presa io. Di questi tempi, Holden non mi lascia fare granché e di certo non mi compra molte cose. Ho avuto un attimo di debolezza.»

«Ma perché avete lasciato che Aaron venisse accusato del vostro furto?» domandò Anna.

«Non intendevo farlo.» Spostò lo sguardo nel punto in cui Aaron stava in piedi con la madre. «Hai una voglia sulla nuca. Quando l'ho vista, mi ha colta di sorpresa.»

«Perché?» chiese Molly.

«Perché è proprio identica a quella che aveva mio padre.»

In un istante, tutti i pezzi andarono al loro posto, eppure… poteva essere vero? La figlia della signora McCabe, ormai perduta da anni, era stata davanti agli occhi di Molly per tutto il tempo?

«Anche Abbie ha una voglia simile» disse Molly, che se ne ricordava da quando erano bambine.

Gli occhi di Myrna incontrarono quelli di Abbie. «Tu? È vero?» La voce di Myrna era pacata e colma di desiderio.

Lo sguardo di Abbie si spostò dall'una all'altra. «Non capisco.»

«La signora McCabe è stata prigioniera dei Quahadi prima di me e prima che tu nascessi. Ha avuto una figlia. E fu costretta ad abbandonarla quando venne salvata.»

«Stai dicendo che sono io quella figlia?» chiese Abbie, con un'espressione di shock sul volto.

«Forse. Hai la stessa voglia che ha Aaron. Me la ricordo.»

«Vi aspettate che ci limitiamo a credere alla parola della signora McCabe?» chiese Bill.

«Ho una foto di mio padre da qualche parte» disse Myrna. «La troverò e ve lo dimostrerò.»

Abbie guardò Molly. «Perché mai Corre Coi Bisonti non me lo avrebbe detto? Credevo di essere la figlia di sua moglie, Donna Coyote.»

«Non lo so» rispose Molly. «Cose di questo tipo non erano importanti per i Comanche. Corre Coi Bisonti ha trattato anche me come se fossi stata figlia sua.»

«Almeno, lui era mio padre?»

«Non so neanche questo.» Molly sapeva cosa stava attraversando Acqua Che Scorre. Quando era finalmente tornata in Texas dopo essere stata via per dieci anni, Molly aveva appreso che l'uomo che aveva creduto suo padre in realtà non lo era. Il suo padre biologico era Davis Walker, il padre di Cale. Quella rivelazione aveva messo sottosopra il mondo di Molly. «Ma se anche non lo fosse, era il padre che tu conoscevi. Questo non lo rende meno importante.»

Myrna si avvicinò e diede una lunga occhiata ad Abbie. «Sei mia figlia» sussurrò. «Lo riesco a vedere. Riesco a vedere tracce di mia madre. Ero devastata al pensiero di lasciarti con loro, ma gli uomini non mi lasciarono parlare quando tentai di dire loro della tua esistenza. E ogni giorno, da allora, sono morta a poco a poco, pensando a te.»

Abbie si zittì.

«Beh, non è commovente?» La voce di Holden McCabe colse tutti di sorpresa.

«Cosa volete?» chiese Matt, mettendosi tra l'uomo e Molly, Abbie e Myrna.

«Sono venuto a cercare mia madre.» Spostò lo sguardo su di lei. «Avete preso Songbird senza permesso.»

«Non mi serve il permesso per prendere la mia cavalla» gli rispose la madre.

«Beh, allora non c'è problema. Andiamo, vi riporto all'hotel.»

«No.»

«Madre, è tardi e non dovreste essere fuori. Avete bisogno di riposare. Perché siete qui?»

«Questo ragazzino» indicò Aaron con un dito «è mio nipote.»

McCabe non si curò di nascondere la derisione. «Lo dubito.»

«Ha la stessa voglia di mio padre.»

Questo sembrò catturare l'attenzione di McCabe, e la sua espressione si appiattì in una di circospetta diffidenza.

Myrna guardò Aaron con occhi colmi di dolcezza. «Mi permettereste di mostrargliela?» chiese piano.

Tra Bill e Abbie passò uno scambio silenzioso, e poi la donna strinse con delicatezza la spalla di Aaron. «È tutto a posto. Puoi mostrargliela.»

Lui si spostò con esitazione sul bordo del portico, anche se si mantenne ancora a diversi metri di distanza da McCabe. Si voltò e tirò il colletto della camicia, per rivelare la voglia sulla parte bassa del collo.

«E allora?» disse McCabe. «Comunque questo non prova niente. Questa gente» spostò lo sguardo per passarli tutti in rassegna «si sta approfittando di un'anziana signora. Vogliono solo i vostri soldi, madre.»

«Non è vero» intervenne Molly. «E siete stato voi a chiedermi di aiutarvi a trovare la figlia di vostra madre.»

«E voi mi state dicendo che la madre di questo ragazzo è la mia sorella perduta da tempo?»

Molly non si preoccupò di nascondere il sospiro. «Purtroppo per lei, sì.»

Il volto di McCabe si indurì a quell'insulto e l'uomo spostò l'attenzione su Abbie. «Ricordate la vostra madre scomparsa?»

«Prima di questo momento non lo sapevo nemmeno» gli rispose lei, il tono velato di rabbia. Molly si chiese se fosse diretta a Myrna o a Holden.

«E come faccio a sapere che siete comanche?»

«Appartengo al Popolo.»

«Quale tribù?»

«I Quahadi.»

Per tutta la durata della discussione, Myrna non aveva spostato lo sguardo da Abbie, e in quel momento i suoi occhi si riempirono di lacrime.

«Tutto questo è ridicolo» disse McCabe.

«No che non lo è» disse Myrna. «Desidero vedere mia figlia da tantissimi anni ormai.» Andò da Abbie. «E ora ti ho ritrovata. Finalmente, le mie preghiere sono state ascoltate. Mi dispiace davvero di aver messo Aaron nei guai. Andrò dallo sceriffo e spiegherò tutto. Me ne prenderò la colpa. Sono solo un'anziana signora, imperfetta e con molte pecche, però mi piacerebbe conoscerti, se me lo permetterai.» Guardò Bill e Aaron. «Conoscere tutti voi.»

Abbie incrociò lo sguardo di Molly e lei le fece un lieve cenno di assenso per incoraggiarla.

Quindi si schiarì la gola e annuì bruscamente. «Sì, ci possiamo provare» disse.

«Grazie.» La voce di Myrna si incrinò per l'emozione. Prese le mani di Abbie nelle proprie e sorrise. Poi raddrizzò le spalle e si voltò verso il figlio.

«Holden, lo so perché hai cercato di ritrovare la mia figlia comanche, e so che non ha niente a che fare con il mio dolore. Tu pensi che io non sia sana di mente, che in qualche modo ritrovarla mi avrebbe ridato la sanità, tutto affinché tu potessi trovare il tesoro della famiglia McCabe. Ma non esiste nessun tesoro, Holden. È da molto che non esiste più. Non so perché quella voce abbia continuato a circolare o perché tu vi abbia creduto tanto a lungo.»

«State mentendo» disse lui, con la rabbia che risaliva in superficie.

«Mi addolora vedere che ragazzo scontroso sei diventato.»

Lui arrossì, ciò nonostante mantenne un contegno imperturbabile. «Non importa. Non mi serve il vostro denaro. Però adesso è ora di andare.»

Slegò le redini di Songbird.

«Perché non vi serve più il denaro di vostra madre?» gli chiese Matt.

Dall'oscurità che nel frattempo era calata spuntarono Nathan, Logan, Cale e lo sceriffo, insieme a un altro uomo che Molly non riconobbe.

«Sì, McCabe» disse Logan. «Perché all'improvviso non avete più bisogno di denaro?»

«Cosa significa tutto questo?» chiese McCabe. «Sanders, cosa ci fai qui?»

L'altro uomo rimase in silenzio.

«Holden McCabe» disse lo sceriffo. «Ho un mandato per perquisire voi e quel cavallo.»

«Non ne avete alcun diritto.»

«Invece sì. Sanders ci ha raccontato tutto.»

Sophie fece un passo avanti. «E io l'ho visto.» Guardò McCabe. «L'ho visto con il denaro rubato dalla banca. Riconosco la sua voce.»

Logan si avvicinò alla figlia e la nascose dietro di sé. «Abbiamo prove a sufficienza senza di lei» disse. «Molly, fai entrare le ragazze in hotel.»

Lei le richiamò sul portico sventolando la mano, e, insieme ad Abbie, Aaron e Myrna, si diresse all'ingresso.

Preoccupata che ci potesse essere una sparatoria, li fece riparare nella tromba delle scale. «Restate tutti qui.» Davanti all'espressione preoccupata del portiere, aggiunse al di sopra della spalla: «Lo sceriffo sta arrestando qualcuno, là fuori.»

Non appena tutti furono nascosti, Molly ritornò nel salottino e sbirciò fuori dalla finestra.

Mentre Cale e Nathan facevano la guardia a Sanders, Matt aveva una pistola puntata su McCabe. Dove l'aveva presa? Non si potevano portare in città, se non dai membri delle forze dell'ordine.

Riconobbe Malcolm Hardy, che assisteva lo sceriffo nella rimozione della sella da Songbird. Con un coltello, lo sceriffo aprì la fodera sotto la sella. Molly rimase scioccata nel vedere che era piena di banconote. Lo sceriffo ammanettò McCabe, mentre Nathan e Cale recuperavano la sella e Malcolm restava da parte con Sanders.

Molly uscì dall'hotel e si fermò sul portico. «Mi occuperò di Myrna e Songbird» disse.

Matt annuì. «Noi accompagniamo lo sceriffo Mars alla prigione.»

Lei si avvicinò al marito. «Eri a conoscenza di tutto questo?»

«Ne avevo un'idea» rispose piano, così che solo lei potesse sentire. «Logan e Nathan mi hanno messo al corrente. Avevano intenzione di provare a convincere uno degli uomini di McCabe a rivoltarsi contro di lui, però non sapevo se ci fossero riusciti. Sanders otterrà una riduzione della pena per aver tradito McCabe.»

«Era coinvolto anche Malcolm Hardy?» chiese Molly, preoccupata perché Emma le aveva confidato della connessione che sembrava stesse sbocciando tra il giovane e Anna.

Matt scosse la testa. «No. Si è offerto di aiutare, dato che lavorava per McCabe. Ci ha condotti da Sanders.» Si chinò e le diede un rapido bacio. «Ci vediamo in hotel.»

«Va bene.»

«Signora Ryan?» Malcolm Hardy catturò la sua attenzione.

«Sì.» Lei sorrise al giovane coscienzioso, rincuorata dal fatto che non sembrava possedere l'indole malvagia del padre.

«Andrebbe bene se vedessi Anna, una volta che tutto questo sarà finito?» Con un'occhiata al di sopra della spalla indicò McCabe e Sanders.

«Penso che dipenda da Anna.» E da Logan e Claire, anche se Molly non lo disse ad alta voce. «Torna al nostro hotel insieme a Matt e agli altri, quando avrai finito alla prigione.»

«Sì, signora. Vi ringrazio.»

Bill Harner andò da lei. «Accompagno gli uomini. Potreste dirlo voi ad Abbie e Aaron?»

«Ma certo.»

Quando lui si voltò per andarsene, lei lo chiamò. «Bill, mi dispiace che la storia di Myrna sia stata rivelata ad Abbie con tanta fretta, ma, per quel che vale, nel profondo sento che è vera.»

Lui socchiuse gli occhi mentre annuiva, poi se ne andò.

Molly ritornò alla tromba delle scale e disse a tutti che la via era libera. Le ragazze chiacchieravano in modo molto animato, mentre Aaron, con un'espressione perplessa, non riusciva a dire nemmeno una parola; Molly, invece, era insieme a Myrna e Abbie.

«È stato il mio Holden ad appiccare quell'incendio, vero?» disse Myrna. «E ha rubato il denaro dalla banca.»

«Così sembrerebbe» disse Molly.

Le spalle di Myrna si afflosciarono. «È tanto simile a suo padre, un uomo che aveva ben poco senso del perdono dentro di sé.»

Abbie si torceva le mani, gli occhi che riflettevano cautela. «Chi era *mio* padre? Era Corre Coi Bisonti?»

Gli occhi di Myrna si spalancarono per la sorpresa. «No, era qualcun altro. Mi ricordo di Corre Coi Bisonti. Era un brav'uomo. È stato lui a crescerti?»

Abbie annuì.

«Ci ha cresciute entrambe» aggiunse piano Molly.

«Beh, allora ne è venuto fuori qualcosa di buono.» Un debole sorriso si allargò sulle labbra di Myrna. «Tuo padre non apparteneva alla tribù dei Quahadi e io ero stata costretta. Non ha senso rimuginarci sopra, ormai. Però poi ho avuto te. E tu mi hai salvata dall'annegare nella tristezza.» Gli occhi le si riempirono di lacrime. «E ti amavo così tanto.»

Le si spezzò la voce. «Abbandonarti... è stato...» Myrna non poté continuare.

«Anche se non so come andrà questa cosa» disse Abbie «verreste a stare con noi? Potreste portare Songbird. La storia di quella cavalla è un racconto importante tra i Comanche. Non ho mai saputo di farne parte anche io.» Guardò Molly e poi Myrna. «Sono fortunata ad avervi trovate entrambe.»

CAPITOLO VENTINOVE

Anna

Anna rimase sorpresa quando sua madre le disse che Malcolm si trovava al piano di sotto, nell'atrio dell'hotel, e fu ancora più scioccata nel ricevere il permesso di vederlo. Da sola. Beh, quasi da sola. Dietro il bancone della reception era presente il portiere dell'hotel.

Anna si sedette accanto a Malcolm sul divano imbottito, con la tensione che la attanagliava. Quello era un addio. Lo sapeva con ogni fibra del suo essere. Le girava la testa per tutte le cose che voleva dire: *Non andare. Ti rivedrò ancora?*

Con un grande sforzo mantenne il controllo, sperando che il suo tumulto interiore non fosse palese. Lei era troppo giovane e lui era già un uomo, e, se lei avesse farfugliato tutto quello che le attraversava il cuore e la mente, allora di sicuro si sarebbe resa ridicola e Malcolm se ne sarebbe andato con la convinzione che lei fosse una sciocca ragazzina. E, più di qualunque altra cosa, Anna non voleva che lui lo pensasse.

«Grazie per averci aiutati a catturare McCabe» gli disse, cercando di schiarirsi le idee.

«Ancora non riesco a credere che abbia fatto tutte quelle cose. Sapevo che poteva essere dispotico, però non avrei mai pensato… Beh, sono proprio felice che Aaron e tua cugina Josie non siano stati feriti in modo serio.»

«Mia zia Molly ha detto che la signora McCabe e Songbird andranno a stare con il signor Harner e sua moglie. Penso che si prenderanno buona cura di loro.»

«Penso che tu abbia ragione. Non ti mentirò: ne sono sollevato.»

Anna cercò di non agitarsi. «Allora, dove andrai adesso?»

Malcolm si strinse nelle spalle. «Devo trovare un lavoro. Stavo pensando di andare al nord. Magari in Oklahoma.»

Il cuore di Anna precipitò ai suoi piedi. Com'era potuto accadere? Come si era potuta infatuare di lui a quel modo?

Abbassò il mento e, parlando più a se stessa che a lui, borbottò: «Spero che sarai felice, Malcolm.» Quando però sollevò lo sguardo, lui la fissava, e un calore improvviso le sgorgò nel collo e risalì in un lampo fino al viso. Scioccata, lei non distolse gli occhi. Poteva anche essere giovane, tuttavia il desiderio negli occhi di lui era chiaro a ogni parte femminile che si era da poco risvegliata in lei.

«Vorrei che tu fossi un po' più grande.» Il pacato rimpianto nella voce del ragazzo era inconfondibile.

Nel petto di Anna sbocciò la speranza. «Un giorno lo sarò.»

Un sorriso incurvò le labbra di Malcolm, provocandole tutta una serie di evoluzioni nelle viscere. «Allora ci rivedremo, Anna. Un giorno.»

Lei non vedeva l'ora che arrivasse quel giorno.

CAPITOLO TRENTA

Matt

Matt trovò Molly seduta davanti alla finestra della loro camera d'hotel, le tende erano tirate e lei fissava il cielo notturno.

«Stai fantasticando?» le chiese mentre entrava, per poi chiudere piano la porta. Era tardi. Lui, Nathan, Logan e Cale erano rimasti nell'ufficio dello sceriffo finché la questione con McCabe non era stata del tutto sistemata.

Molly sorrise. «Sì. Fantastico guardando la luce delle stelle. Josie sta bene. E penso che i miei incubi siano finiti.»

Lui si sedette sul bordo del letto e si sfilò gli stivali. «Ne sono felice. E Josie è tosta, come sua madre.»

«Più come suo padre, penso.» Lei riportò lo sguardo fuori dalla finestra. «Guardavo spesso il cielo di notte, quando vivevo con i Comanche. Pensi che sia sbagliato che li amassi?» mormorò.

«No» disse lui. «Certo che no. Ti conosco da tempo sufficiente per apprezzare la tua indole selvaggia e indisciplinata, così come il tuo lato compassionevole, e l'amore che regali senza limiti ai tuoi amici, alla famiglia e agli animali di cui ti prendi cura. Non sono sorpreso che tu ti sia affezionata a loro.»

Molly si voltò verso di lui, e Matt si tolse la camicia, la buttò a terra e le offrì un sorrisetto quando lei aggrottò la fronte con disappunto per quella sua spudorata mancanza di rispetto per l'ordine in cui sua moglie cercava di tenere la loro camera. Poi lui si inginocchiò accanto alla sua sedia.

Lei lo baciò e Matt tenne stretto quel momento, sospeso da tutto il resto tranne che da loro due, lì, insieme.

Molly si appoggiò allo schienale. «Beh, per restare in argomento, ho delle novità.»

Lui sospirò. Quei momenti perfetti non duravano mai. «Temo che questo abbia qualcosa a che fare con le nostre figlie.»

Lei rise. «E avresti ragione. Sembra che ci sia una cucciolata di cagnolini e…»

Lui annuì. «Lo so.»

«Davvero? Perché non mi hai detto niente?»

«Avrebbe avuto importanza se lo avessi fatto?»

«No. Ne porteremo uno a casa con noi, domani. Sono delle creaturine adorabili. Le ragazze li hanno mostrati a me e a Claire, stasera.»

«Quindi alla fine ne porteremo a casa due» confermò Matt.

Molly annuì. «A meno che tu non ne voglia di più?»

Lui si rimise in piedi e la condusse verso il letto. Quella posizione gli faceva indolenzire il ginocchio. Se sua moglie voleva convincerlo a portare a casa un cucciolo, avrebbe dovuto farlo a letto.

«E gli abbiamo già dato un nome» disse lei, mentre si abbandonava tra le sue braccia.

C'erano fin troppi indumenti tra loro. Lui iniziò a slacciarle i bottoni della camicetta.

«Quale hanno scelto?»

«Marley.»

Matt ridacchiò. «Logan penserà che ci abbia messo del mio.»

Molly gli lanciò uno sguardo perplesso. «Davvero? Perché?»

La pelle nuda della moglie lo distraeva. «Te lo racconterò. Più tardi.»

Le sue labbra si posarono su quelle di lei, bloccando qualunque risposta lei stesse per dargli. Per fortuna, Molly rinunciò alla conversazione e rispose al crescente desiderio di Matt con il proprio.

Già disponibile:

Lo Scricciolo: Ali del West Libro Uno
La Colomba: Ali del West Libro Due
Il Passero: Ali del West Libro Tre
Il Merlo: Ali del West Libro Quattro
L'uccello Azzurro: Ali del West Libro Cinque
L'Uccello Canoro: Ali del West Libro Sei
Eco delle pianure: Libro Sette (Un racconto breve)

ECO DELLE PIANURE
Un racconto breve

Texas del Nord
1895

Ecacusayet. Un fulmine. Dal giorno in cui è fuggito dalla famiglia Ryan, poco dopo la nascita, lo stallone ribelle noto come Eco è sempre riuscito a non farsi catturare. Ora, però, il diciassettenne Eli Ryan ha intenzione di cambiare le cose. Quando la sua ricerca si restringe fino a scovare il luogo in cui si nasconde il cavallo, Eli per poco non travolge Cassie Callahan, nel deserto texano. Sebbene lei rappresenti un'allettante distrazione, nemmeno i suoi affascinanti occhi verdi potranno distoglierlo dal suo scopo. Ma l'ostinazione con cui la ragazza protegge il leggendario stallone potrebbe proprio finire per mandarlo fuori rotta.

kmccaffrey.com/eco-delle-pianure-echo-of-the-plains-italian-edition/

A PROPOSITO DELL'AUTRICE

Da bambina, Kristy McCaffrey si narrava spesso storie e la sua affinità con la scrittura fu subito chiara. Allevata a pane, fantascienza, fantasy e racconti di Re Artù, trasferì – una volta deciso di prestare, finalmente, attenzione alle proprie inclinazioni naturali – questa passione per la narrazione mitica alla stesura di romanzi di ambientazione western. La scelta di essere una mamma tutta casa nonché aspirante autrice, la portò subito a mettere da parte la laurea in ingegneria. Vive con suo marito nel deserto dell'Arizona, dove i loro quattro figli si preparano, chi prima chi dopo, a lasciare il nido. Kristy crede che la vita vada vissuta con curiosità, compassione e gratitudine, e mai troppo distante da un cane entusiasta. Le piace anche restare a letto fino a tardi, mangiare cibo messicano e praticare yoga casalingo in pigiama.

Website: kmccaffrey.com
Facebook: facebook.com/AuthorKristyMcCaffrey/
Instagram: instagram.com/kristymccaffreybooks/
TikTok: tiktok.com/@kristymccaffrey

www.ingramcontent.com/pod-product-compliance
Lightning Source LLC
LaVergne TN
LVHW010100110826
845155LV00028B/427

* 9 7 8 1 9 5 2 8 0 1 7 3 0 *